谷岡亜紀歌集

SUNAGOYA SHOBŌ

現代短歌文庫

屋書房

谷岡亜紀歌集☆目次

『アジア・バザール』（抄）　1999年刊

『闇市』（抄）　2006年刊

歌論・エッセイ・インタビュー

解説

谷岡亜紀歌集

『臨界』（抄）

原子炉内でプルトニウムが核分裂を始めるその飽和点を「臨界」という

前夜(イブ)

低く身を屈めスタート台に立ち雨のプールに銃声を待つ

黄昏の世界がおれに泳がせる50mプール32秒で

逃走は今日もなされずターミナル駅に日暮れの電車を待てり

内乱は神経叢に兆せると時計の音を昨日(ゆうべ)聞きいつ

何階へ行くべき今日のわれなりやエレベーターのドア鈍く閉ず

どこまでも昇りゆきたきに階段は途切れ真昼の屋上に出たり

地下坑を電車抜け出て幻想の闇に遊びし心とまどう

白昼夢の中の曠野は暗くして目覚めしわれに十五時の鐘

カーラジオの十年前の恋歌に緊急配備の無線音入る

冬空の広さを映す水面をあああんなにも雲が流れて

潮騒を砲声と聞く真夜醒めて昂(たか)ぶる心押さえかねいつ

曇天に救援物資のごとくいま鉄を吊り上げしなうクレーン

繁栄という幻想を武装してジェットコースター奈落へ向かう

単車群青き市街を駆け抜けて夜明けに熱き同時代！

サイレンが聞こえる夜を籠りつつテレビゲームの中に戦う

今以外どんな自分があるのかと時報告知の受話器に問いおり

激ち立ち飛沫(しぶ)く朝潮あおあおとわが溢れゆく刻(とき)ぞあれかし

ナイフもて羽削がれたる鋭さにダ・ヴィンチの絵の少年の肩

夕映にビルの片壁染まりおり　新世界などとうに信じぬ

浴槽を淋しく満たすコカコーラのごとき入浴剤にまみれつ

指図され少年たちの隊列は前線へゆくごとくバスへと

遊園地の明りが消えてゆくさまを機上に見つつ恋しかりけり

この暮れは穏やかなるにゲル状に澱みて鈍く耀える海

どす黒き夕日が海を血溜りに変えんとしおり　帰らなくては

軍用機一機浮かべて秋天は闇と見まがうばかりまばゆし

開戦の前夜のごとく賑える夜の渋谷に人とはぐれぬ

うるとらの父よ五月の水青き地球に僕は一人いるのに

空破れつつある九月「愛」という美しき嘘美しすぎる

何事も起こらぬビルの空見上げキングギドラを今日も待ちいる

夕海がウイスキーの色に染まる頃あの桟橋
を渡りてゆかな

傍らで幼き日々を眠りいるおまえ世界はや
がて朝だよ

銭湯のけぶる水面(みなも)を対岸へ玩具の船がいま
岸を出る

大河のほとり

I　楽宮ホテル

成田を夕方発ってからすでに二時間、太陽を追いかけ
る機中では長い午後が続く。

空をゆく心を金に染めながら右翼の先に架
かる日輪

いつまでも沈まぬ夕日を追いかけて王国へ
飛ぶ機中に眠る

ようやく夜の領域に入った頃、はるか下方をもう一機の飛行機が、光る魚のようによぎっていった。そして……。

先史期の暗黒を飛ぶ機の窓を時おり流星だけが流れき

上空から見るバンコクの夜景を、ある人は南洋の宝石箱に譬えた。

ここにまた人住むことを淋しみて熱のるつぼに舞い降りてゆく

日本国発行パスポートを掲げ移民のごとく並びていたり

行く先を決めかねてロビーに座っていると、二人組の男が近付いて来た。安いホテルを紹介するという。

ニホン語で「ニホン人デスカ」と聞いてくる男と金の相談に入る

日本製の中古車に乗せられて真っ暗なハイウェーを一時間ほども走った頃、やっと命の心配を始めた。

行く先の知れぬ車のラジオから流れる現地語の「ケ・セラ・セラ」

連れて行かれたホテルの名は「楽宮(らっきゅう)」、チャイナ・タウンの路地裏にある娼館兼用のいかがわしい宿屋だった。片言での交渉の結果、フリーの宿泊だけでもOKだという。

熱帯の都市の深夜の喧噪を聞きつつ朝を娼館に待つ

結局、カルカッタへの航空券が取れるまでの一週間、私はそのホテルに滞在した。廊下などで時おり顔を見かける「娼婦」たちは、あまりに幼く痛々しかった。

十三歳の娼婦アンナは遠い国日本のことをわれに問い来ぬ

転生を信じぬわれの対岸の朝靄に立つ「暁の寺」

難破船が並ぶメナムの川向こうのスラムの屋台に食う豚の耳

熱帯の場末の夜の狂乱の果てに突き付けられたるナイフ

すっかり居着いてしまった「楽宮ホテル」29号室の壁には、おびただしい日本語の落書きが残されていた。「遠い朝を歩く。それが僕にとって苦い現実だから、ひとりで歩く」「旅は世界が友であり、世界中から孤独である」「金ない、心貧しい旅行者」「わし、本当に疲れてしまったけんね」……おそらくは長い旅の一夜をこの部屋に辿り着き、そして、次に来る日本人にあてて、かすかな連帯感をメッセージに託して残した、旅に憑かれ、そして旅に疲れた若い旅人たちの心を思った。

弓なりに地図に苦しむ列島を祖国と言いて羞(やさ)しかりしか

こころもち顔を赤らめ「東京!」とおれはお前の名を今日も呼ぶ

II　カルカッタ

水を汲む子供、籠から逃げた鶏（とり）、山羊を割
く人、朝の市場（いちば）に

まさにここ人間の街、怒鳴り合いひしめき
合える往来に立つ

風ぐるま売りの老人　その背（せな）に極彩色の風
を連れ来る

耳慣れぬ言葉あふれる早朝のローカルバス
にしばしを眠る

トラックが掻き分けてゆく雑踏に豚、牛、
羊、山羊、野猿、人

天の秘法を告げるがごとく神妙な顔で阿片
の値段を言えり

穴の空いたバケツで川から水を汲む男、片
目の犬を伴う

貧しさをむしろ誇りて真剣な遊びのごとく
彼ら働く

われによく似た一人あり貧民街（スラム）にて金せび
り来し乞食の中に

カーストに幽閉されし人々の群れに揉まれ
て駅へ急げり

Ⅲ　洪水の前――コモリン岬

同じインドでも、アラビア海に面した大陸最南端のこのビーチはまるで別世界だ。ここは、来たるべき〝洪水〟までの「パスタイム・パラダイス」、暇つぶしの楽園なのだ、とオーストラリアから来たヒッピーのウィルは言った。

双発の水上飛行機低く過ぎ退屈なまで常夏
の昼

この午後を貿易風の中にある街、ひっそり
と窓を閉ざして

沖合に鯨直立して鳴くと漁師の指せる錫色
の海

翼持つ魚空をゆき金銀の夕日が翳る今日、
赤道祭

インド麻のスカートの裾なびかせて突堤に
立ちわれの名を呼ぶ

激しかる時の余韻の夕凪の海から上がる汝（なれ）
を見ていき

日没に海は皺立ち傍らの女（ひと）を他人と気付く
束の間

鮫の歯のブローチを朝の市に売る男から聞く人魚伝説

明日の朝ボンベイ行きの船に乗る彼女と別れ少し眠れり

海洋性気候の町に氾濫の季節近きを告げて舞う旗

温い雨がどこまでも降る湾内へ影絵のごとく船入り来たり

海上の風に流され飛ぶ鳥を見ており今日は旅に疲れて

沖合から雨季近付くと海流は夜ごと騒ぎて色を変えゆく

ほの暗き夢の浅瀬に轟々と雨季へなだれる海は迫り来

Ⅳ　大河のほとり

ベナレスはガンジス川の中流にある都市で、ヒンズー教の聖地とされている。私はインド滞在四か月中約ひと月半を、その町で濁った大河を眺めて過ごした。

夕寂の大河の岸に人のうた川の言葉を聞かんと坐る

雑界を貫く意志の水流よ貧しき国の今日を潤し

河原にて死体を燃やす人ありき　灰は昏れゆく川に還(かえ)さる

魚を食い今日を生きおるガンジスの民は死して後魚に食われる

なだらかな石段の丘　通りゆく微かな風に振り向きており

「ヒンズーとモスリムの対立で、三日前に小競り合いがあったばかりだ。たぶん暴動が始まるだろう」と宿の親父は言った。「警官も僧侶も、この町の人間は皆、異常な暑さで少し狂い始めているのだ」

銃声を二度三度聞く真夜醒めて窓越しに見る増水の川

対岸の幻視の町の暴動も鎮圧されてただ白き昼

約束の悲願浄土へ橋渡す川か衆生の今日を照らして

宗教上の理由から、ベナレスでは大麻が州政府公認の店で売られている。その他、ヘロイン、コカイン、ＬＳＤなど、ありとあらゆるドラッグがこの町では手に入る。

聖河の見る夢か千年天竺に人は現世を捨てて遊べる

享楽の薬はびこるこの町に人は再び生まれ
ると言うも

幻覚がわれを浸食する夕べ祈りの歌が川に
流れる

マリファナは「ガンジャ」、ハシシは「チャラス」、L
SDは「アシッド」、コカインは「コーク」、ヘロイン
は「スマック」、そしてアンフェタミンは「スピード」。

血液に神の悪意を混入し五秒後に来る氾濫
を待つ

われという器官は光のスピードに統べられ
ながら現実を越ゆ

人格が破壊するまでこの街に遊び再び戻ら
ずという

幻を見せる薬の覚めるまで昏き輪廻の夢に
苦しむ

此岸のめちゃくちゃなまでの賑わいをよそに、不浄の地
とされる対岸には、この町の人々はけして近付こうとし
ない。ここでは、彼岸はまさに「彼岸」としてある。

冥界と俗世を分かつ泥流を人のようなるも
の流れゆく

ほの暗く船首に明り掲げつつ夜を溯る死者
たちの船

私はある日、その大河を泳ぎ渡り対岸へ立ってみた。そこには荒れた砂の平地が広がっており、人間の骨か獣の骨か、白く乾いた骨がいたる所に散らばっていた。

落日が彼岸を焼いて幻を見るために来し人も憩えり

氾濫を繰り返しつつ文明を育てたる河　朝に光りつ

ヒンズー教では、聖地ベナレスで死ぬと人間は輪廻転生の業（ごう）から解脱し、永遠の至福を得られると信じられている。そのためガンジス河の川岸には、さまざまな宿痾を負った人間がインド中からやって来る。

「父母未生なるわたくし」を問うわれの隣、死を待ちおる苦行僧

まなじりの涙を蝿に吸われつつ皮膚爛れたる美女横たわる

ベナレス滞在中、ちょうど北インド最大の祭り、ホーリー祭にぶつかった。この日だけこの街の人々は酒を飲むことを許され、カーストの呪縛からも解放される。

方船の出航前夜のごとくして狂乱に入るベナレスの夜

乗り遅れたるわたくしはまどろみに船出を告げるドラを聞きおり

ホーリーは三月の満月の日に行われる。人々は色水の入った水鉄砲を手に町に練り出し、相手かまわずそれをかけ合う。私も紫色の銃を手に、その熱狂の中にいた。

石造りの迷路の町に標的となりて月夜を逃
げゆく我か

金色の寺に祀られ千年に一度荒ぶる破壊神
シヴァ

長期滞在の日本人の間で不吉な噂が広まっていた。ひとつは、日本でアイドル歌手の少女たちが、次々に飛び下り自殺をしているという話。もうひとつは、ソ連の核施設で重大事故があり、北半球が壊滅的な打撃を受けているという話。

泥水の大河河畔の聖堂のめぐり群れ咲くマ
リーゴールド

神という圧倒的な光量を浴びて苦行僧（サドゥー）のい
ま川に入る

巡礼の人らに混じりて朝の水、夕べの水に
体を触れぬ

石段の入り組む路地を歌いつつ帰る人らと
遭う　行き暮れて

この河のほとりでは、すべてが原初的であり、そして圧倒的である。私は、もう一度なんとしてもここへ来なくてはならないと思った。

天啓を待つにあらねど夕空に仰ぐインドの
ハレー彗星

鳥の声、祈り、笛の音、暮れの鐘、日暮れ
やすらぐ川岸の町

百年をかけて荒ぶる聖河（ガンガー）に架けし橋、今わが渡りゆく

町を出て大河を越えて流星が飛び交う丘に列車を待てり

この川が川床白く晒す日もあらん　あるいは来世紀末

翼持つ種族

太陽の黒点からの風を受けリリエンタールの鳥は羽ばたく

きらきらと空眩しくて選ばれし我と思いし日々も過ぎにき

竹ひごの飛行機の描く曲線のやさしさに明日君は二十歳（はたち）か

感傷の紙飛行機にわれの名を書いて朝焼けへと飛ばす夢

神の愛説く人の立つ駅を過ぎ線路を越えて臓物（もつ）食いにゆく

「約束の土地」ならなくにわれを待ち雨に濡れいる橋ひとつあり

日没を西口広場に人々は何の終りを待ちてさざめく

どこへでも運べ方船、歌舞伎町スナック「波止場」よりも遠くへ

メルカトル図法の海の荒天におまえに続くフライトもなし

救世主来ざる地上を貫いて高架を轟く朝の電車は

屋上に行方を失くすわたくしにいかなる罰として夜の雪

白鳥座を越えて彼岸の草原にカムパネルラを探して春は

（上海列車事故）

オートバイ少年死して朝焼けの路上に散れるガラスきらめく

空のこと今日は忘れて地下街に羽根むしられた鳥を食いおり

湾岸（ベイサイド）

ある晴れた五月の日曜日、僕は４００ccのオートバイ
に乗って東京湾に出かけた。

銀色の鉄騎を駆りて風を御し風にまみれて
走る街道

この道に連なる海が真っ青に沸騰し始めて
いる正午

エンジンの焼ける匂いを嗅ぎながら湾岸環
状線へ突っ込む

黒き水澱む運河の対岸の鋼鉄都市ゆ火の風
は生（あ）る

異様なる量感を持つジェット機が頭上をか
すめ着陸に入る

テラテラと夢幻のごとく瞬いて京浜臨海コ
ンビナートは

点々と橋点しいるガス灯が昨日のようにか
なしくて、初夏

文明の淋しき光に飾られてはつか華やぐ水
際の首都

巨大なる落暉背（そびら）に風道を標（しる）して東京タワー
は点る

華麗なる孤独と言うか夜を照らしクリスマスツリーのごとく立つビル

ネオンサインの「愛」の一文字淋しくて昨日（イエスタディ）という名のホテル

夢の島、夢の残滓の塵原にダンスシューズの片割れ埋もる

この国の繁華の日々を朽ち果てて「第五福龍丸」はありたり

蒼白に暮れる曠野に既視現象（デ・ジャ・ヴ）のごとくドリームランド現る

黄金郷（エルドラド）ならざる人工島の先、空へ光を放つ遊園

恐龍の名をつけられし大観覧車は威嚇するごと風に鳴きおり

シャッターの降りた機械の王宮に誰を待ちいるガラスの靴か

ひび割れし童話の城を文明の残骸として見上げる明日

けして来ない蜂起の報を待ちわびて埠頭に点る公衆電話

電動の海賊たちが眠る頃東京湾に花火が上がる

夢の遠近法

蒼ざめた仮面をつけている都市に今夜別れを告げ、空港へ

夢の中の場面のごとく立ち並ぶガス灯たちの我からの距離

幻と言えばいうべきこの星の朝の渚に汝（なれ）を立たせて

非現実的に雨降る窓硝子ごしの景色が暮れてゆく見ゆ

アラームに夢断ち切られ歯をみがく　大陸移動説信じつつ

白黒の写真のように後ずさるバックミラーの中のビル群

見下ろせば別れ出会いも軽い街金属片のごとく雨降る

満ち足りてなにごともなき人生の喩として
夜のメリーゴーラウンド

天変の予徴かと見る夕光にいま対岸の街は
染まりて

自己疎外・時限爆弾・スキャンダル・スト
ロボ・スパーク・スパナー……洗脳

少女らが下着の線を浮かせつつ行き交う街
を歩み淋しき

束の間の現世を映すT・Vに行き着けぬ街
として「東京」

殺人の機械といえど銀色の翼鋭く天つ日に
輝（て）る

世界とは巨大な装置せめてもの音楽をくれ
暮れゆく前に

京浜川崎

低く唸る火力発電所に夕べ黒き雨降る京浜
川崎

ショートケーキのごとき家並対岸に見えて
此岸はいつも雨降る

マシーンが人を乗せつつ荒ぶりて次々闇へ
突っ込む埠頭

岸壁のサーチライトは密航者を見張りて暗
き海面（うなも）舐めおり

月光の油膜広がる湾の奥に遺跡となれる臨
海ホテル

霧いでて大戦前夜ベルリンに迷い込みたる
ごときこの闇

砲身を天に掲げて午前零時の産業道路を戦
車運ばる

暗がりにアジアの女たむろして有刺鉄線ご
しの米軍

Ｆ15どの前線へ発ちゆくと陸橋の上に今日
も見送る

核施設構内に立つ塔の上にすばやく黒き人
影動く

ピクニックに行くごと父は戦場へ行きて少
年らの荒れる町

真夜中のドライブ・インの駐車場でする事もなく死を競い合う

桃色の殺意を彼ら持て余し広場に泣かせいるオートバイ

市民らの憎悪の視線浴びながら夜を走れば夜は輝く

トルエンで世界の意味を捩じ曲げて「天国の門」まで加速する

合い言葉忘れて佇てば鉄冷えてわれにはけして開かざるドア

背後より夜は感光し始めつ　第二京浜運河を越える

軒低き人の暮らしの川岸の屋台の朝鮮語にわが憩う

光化学スモッグ警報発令し青き冷たき美（は）しき夕映

火を吐ける煙突の群れ黒々とコンビナートいま逆光の中

臨界

わが内の静かなる民起(た)たしめよ風の重さに耐える起重機

星の雨空にしたたる海岸に天馬を見しは夢か、夢だよ

駅頭に黒き宣伝カーは来て欲するままに振るまえという

前線に隔たる夜のストーブの上、沸点に近付ける水

放射能わずか含める春雨に濡れてぞ北の祖国へ帰る　（帰雁）

極東のエンペラー死し目隠しの木馬回れるのみ、花屋敷

鍵盤に塵薄く積み廃屋に冬日を浴びていたるオルガン

終末に遠き仄かな世紀末引き潮もほら愛に汚れて

コールタールを満たすがごとく海暮れて言葉の国に遊ぶ危うさ

ほんのりと熱保ちいる真夜中のベンチ　あやうき綺語として「愛」

深夜ニュースの他国の乱をよそ事として卓上に電話機眠る

体制に従（っ）きたる罰に軒低く縊られておりテルテル坊主

核の塵かくやすらかに降る夜を聖夜と言いて祝ぐ、人は

陽を受けて陽の暖色に染まりいる窓この朝をわれと隔たる

殺人者たりし悪夢の醒め際をたわわなるかな朝の乳房は

遠き恐怖（テロル）の日々を知らざる少女らが朝の渚に拾う骨貝

人生という長き悪夢の覚める朝ああよく寝たと欠伸などして

爆風に砕かれキラキラ街に降るため夜を冷えている千の窓

完熟の太陽はつか都市を焼き末世も末世されど楽しき

緑なす夜更けの電話ボックスに天はしめやかに雨を注げり

一輪の薔薇が花瓶に枯れるまでこの繁栄が続くはずなし

海を背に水着少女をカタログのごとく並ばせ　さらば日本

暮れ始め人またひとりになる街の回転ドアの中の華やぎ

毒入りのコーラを都市の夜に置きしそのしなやかな指を思えり

愛に似て四〇階の暗闇をわがために昇り来るエレベーター

楽隊は別れの曲を奏でつつ崩れ始めた空の下ゆく

曇天に鎖されし街に警報を鳴らし続ける朝の踏切

火の粉のごときが肩に絶えまなく降り来る夜をおまえに帰る

限りある青年の日を輝けと煙草の箱にさえ七つ星

菫色（バイオレット）の靴を脱ぎ捨て廃油まみれの水際を駆
けて来い、なんちゃって

その胸の水着の跡をかなしむに電光版が告
げる開戦

比喩として朝のテレビは映しおり鉄の破片
の燃えて降る街

死はつねに数量として伝わりてパックに腐
りゆく乳と水

恋人と見上げる夕焼けの空を冗談のごとく
米軍機過ぐ

戦争を喜々と伝える番組を消して世界を遠
ざけて酔う

スタジアムの暗き通路の突き当たり緑に点
りいる非常口

ハメルーンの笛に誘われ改札へ急ぐ無言の
列に連なる

夕映は退廃の色深めおり危機へ向かえる貨
車を照らして

歌文集『香港　雨の都』（抄）

I

民族の波打ち際のざわめきに十年を経てわが帰り来(き)ぬ

越境の列に並べるこの夜より淋しく長き休暇始まる

万国の傘行き来する往来を名前をなくし歩む今日なる

よく肥えた大陸人が美味そうな犬を従え路地よぎりゆく

香港的妹ら風にさざめきて夜總會(ナイトクラブ)の入り口点る

臓物を大鍋に煮る屋台まで人生の今日を歩み来たれり

時を売る時間廊なる闇を抜け彌敦道(ネイザンロード)で遇う日照り雨

啤酒(ビール)手に爆羊(マトン)を齧り把士(バス)待てば湯気を上げつつ昼の雨(ユイ)降る

昼酒を終えればあとはなすなくて天星小輪(スターフェリー)の船上の人

自己主張強く服装あやうくてしかもＳＨＹなるここの女ら

雨の店に雨の夜を飲む　色を好み酒を好みてここまでは来つ

サングラスに視線を隠しあやしげな男となりて雑界に立つ

白濁の人の大河を救われぬわれこそ衆生と言いて越えゆく

未来から見れば楽しき日々にして楽土楽土と橋渡りゆく

逃れ来しここにも痩せた猫はいて腹を空かせたわれに寄り来る

「遊戯的日々」と書きやり部屋出でて熱き雨降る夜の店まで

臓物（モツ）を煮る湯気のむこうに家族いて誰もが笑い物を食（は）みおり

一皿の鳩の命にて〈唯一なる我〉を感傷しつつむさぼる

飛機場に光つぎつぎ降り立つを雨降る湾を隔て見ており

徴兵にやがて話が及ぶとき黄砂激しくけぶる国境

魔都たりし記憶の路地を入りゆけば阿片(オピウム)の香の甘き夕闇

異国なる満月の夜をいそいそとカップ麺作るわれとは誰か

イミテーションシルクをまとい鉄の箱に運ばれ雨の地上に下る

誰(た)そ彼の雨の中なる九龍を香港人形(ドール)あまた行き交う

恋人ら海辺の椅子に等距離に愛語りおり孤独なるらん

対岸を飾る明かりがまたひとつ夜の海風に吹き消されゆく

九頭の龍もつれ合う半島は満月の珠空に抱きて

月の宴果てて怪しき大街(ダイガイ)を後光を背負い人は歩める

月光の騒がしき夜を影となり猫の踊り(キャッツ・ダンス)を踊れる人ら

駅を出る夜行の火車のとどろきの火の車な
る人生楽し

欲望をごった煮しつつ百年の雨の中なるこ
の植民地

赤犬のいつも群れいる廟街（ミウガイ）の熱狗（ホットドッグ）の店をあ
やしむ

チャイナ・ドレスに飾る花王の大輪の中華
思想を驟雨過ぎゆく

飾り窓夜に開かれ乳首持つマネキン人形肌
さらしおり

皮膚を剥ぎ血を抜き腱を噛み千切り味わい
尽くすまで喰らうべし

燭かかげ「愛的故事」の一節を低く唱える
一団のあり

宝玉を便器に飾るこの都市の内臓として夜
の屠殺場

Ⅱ

国境へ向かう鐵路の窓に立てば暗く朝焼けくる大陸か

ボーダーをまたいで低く雲流れあと一駅で界隈の街

風渡る禁区を隔て中国の山黒く見ゆ眠れるごとし

体制を濁れる河が分かちおり撃たれてここに浮かびし人ら

思想史を見下ろす丘に風強く祖国という語せんなき夕べ

侵略者の末裔われは国籍を隠し飯（めし）待つ群れに加わる

あかねさす電視台（テレビ）が映す電影に燃やされていつ「日本の旗」は

思い出をディスカウントする店先に必ず群れて日本人おり

雨を避け迷い込みたる夜の奥にニセモノ時計と女売りいき

広島の原爆の日を日本人（ヤップンヤン）われは罵声とともに追われつ

こぞりつつ我の出自を名指しする声を逃れて眠るしかなし

占いの露店ひしめく路地暮れて風の暗躍する夜となる

燭の火の揺れて暮れ行く回想の川面暗きを遡る船

屠（ほふ）られし家鴨は首を吊るさまに飾られて人そこに群れおり

なすすべもなければテレビに廣東語でだだをこねいる臘筆小新（クレヨンしんちゃん）

どの路地も暮らしの音にあふれいつ見つつ見捨ててわれは過ぎ行く

よく晴れた港を望む高台に何を諦め座る人らか

帰港する船に旗見ゆ　端的であること常に一人であること

水上に暮らしやさしく点しおり「魔法の笛の音を聞いたかい」

海を隔て香港島の尖塔を雨が過ぎゆく　忘れゆくべし

紛れなくわれも亜細亜の一人にて颪の怒号の城市に迷う

人つねに擦れ違いつつ街を行き夜更けて湾にまた雨が降る

ノート

一九九六年の秋、私は中国返還を翌年夏に控えた香港に再び行った。一年ぶりの香港で、しかも今度はわずか五日ばかりのあわただしい日程だったけれど、それでも「海都賓館（オーシャンゲストハウス）」のミスター・フィリップとその人の良い奥さんは、私のことをよく覚えていてくれた。

様々な国の人々が手持ちぶさたにたむろする「重慶マンション」の出入り口、いつも満員で長い列が出来ている汚れたエレベーター、十五階の鉄格子の窓から見下ろす夜更けの彌敦道（ネイザンロード）の賑わい、そして汗だくでうなり声を上げている旧式のクーラー。

南の海の小さな島の領有問題をめぐって、香港では反日感情が極限まで高まっていると、日本のマスコミは連日こぞって報じていたのに、全ては一年前のままで、何も変わっていないように思えた。私は、送らないままになっていた写真と安物の日本のウィスキーをプレゼントし、それから二人と幾度も再会の握手を交わし合った。

誤解を恐れずに言うなら、私にとってアジアとは、まず第一に日本の今と、そこに生きる自分自身の現在を、より本質的に考えるための装置であり枠組みだ。全世界という視座では広過ぎて、たやすくディテイルが抜け落ちてしまい、またその一方で、日本の中からだけでは日本が十分には見えない。

実際、アジア各地の路地をほっつき歩いていると、日本という場所が、とてもよく見晴らせる。もちろん「日本」とは、最終的には、毎日私がはたらいたり、酒を飲んだりしているその現場のことにほかならない。

私が今までに歩いたことがあるのは、タイ、インド、ネパール、そして香港ぐらいだが、そのどこの町でも、人々は誰もが、路上でぶつかり合い唾をとばし合いながら生きていて、それがたいへん印象的だった。善人は善人らしく悪人は悪人らしく、金持ちは金持ちらしく貧乏人は貧乏人らしく、それぞれがわかりやすく生きているのが、なんだかとても楽しかった。

それに較べると日本の町並みは均質で、清潔過ぎるとしみじみ思う。そしてそこでは私もまた、いつもしかめっつらをして街を歩いている。それはいったい何故なのだろう。

だから、旅の途上で私はいつも、帰国したら今度こそ、歩道に花を植えるように、そう、花咲爺さんよろしく、全ての猥雑なものや無残な言葉の残骸を、あたりかまわず、道端にばら撒いて歩かなくては……と、そう思い続けていたのだけれど。

戦後五〇年の区切りをともかくも終えて中国返還を間近に控えた香港のテレビでは、キャスターが「過去は過去として、子供たちの将来のための前向きな国際関係を」と、笑顔を少しこわばらせながら繰り返していた。そういえば、九龍公園にある歴史博物館の、日本軍の残虐行為を伝える展示は、現代香港の明るい繁栄を謳うコーナーに模様替えされ、銃剣に串刺しした胎児の死体を誇らしげに掲げてみせる兵士の写真は、いつの間にか取り外されていた。

歴史の夜と霧は生温く湿った心の闇に押し込められ、全ては経済優先で回り始める。雨漏りのする貧しい家並は白い高層マンションに建て替えられ、それぞれに、鉄のドアに隔てられた小綺麗な一室があてがわれる。そうして、むせるような臭いが路上から順番に消えてゆき、やがてそう遠くない未来には、同じような無表情の町が、あちらこちらに出現しているだろう。それが、「発展」という無残な言葉の意味だ。だが、日本国発行パスポートを高々とひけらかして、通貨格差の恩恵を十二分に受けながらアジアの貧しい路地を旅する私には、それを批判するいかなる権利もない。

人権問題で中国に異議を唱える香港民主派勢力が、領土問題では熱烈な民族主義者になるところに、問題のもう一方の錯綜した根深さがある。イデオロギーによる対立の時代のあとで、ナショナリズムと宗教による、より感情的な対立の時代が訪れる。憎悪が新たな憎悪を生む単純な敵対の構図を、互いの〈言葉〉の恣意性がはてしなく増幅してゆく。

だから、南洋の小さな島での一人の活動家の偶然の事故死が、民族の英雄の殉死にまつりあげられてゆくまでの一部始終を、何故そのようになってしまうのかという根本にまで測りながら、私はひりひりとした痛みをもって、まずしっかりと記憶しなくてはならない。

日本で普通に生活していて〈歴史〉とか〈世界〉とか〈アジア〉とかを、リアルな自らの問題として感じることは少ない。まぎれもなく私たちは、〈歴史〉とか〈世界〉とか〈アジア〉の関係性のただ中に今を生きてあるのに、むしろそうした大上段からの話をすると、周囲の苦笑をかう雰囲気さえある。あれはいったいなんなんだろう。

試験に出る歴史の教科書の記述としてのアジアと、マスコミが煽り立てるビジネスチャンスや観光ブームとしてのアジアとを繋ぐ中間項が、すっぽりと抜け落ちている。まるで、生きた豚を見たことのない今の子供たちが、テレビで愛嬌をふりまく小ブタちゃんと、スーパーの棚に並ぶパックされた豚肉の二種類しか知らないように。知らないなら知らないで、何不自由なくその日を暮らしてゆけるように。

試験に出る歴史の教科書の記述としてのアジアと、ビジネスチャンスや観光ブームとしてのアジアとの間には、とてつもなく大きなブラックボックスが横たわっていて、その中には、屠殺された豚から抉り出された心臓や延髄や眼球のように、血だらけの愛憎や優越感や屈辱やかなしみや諦めや、凍りついた記憶の断片が、いっぱいに詰まっている。

その血のしたたる内臓に、私の心は、どのようにたどり着くことが出来るだろうか。

『アジア・バザール』（抄）

人間の町

入眠の意識野(いしきや)の果て白昼の海にくまなく雨が降りおり

結晶となるまで朝の水冷えて鐘に目覚める人間の町

個人史の今日を佇む踏切をワム・ワム・ワムと雨の貨車過ぐ

鳥を売る地下道を抜け代わりばえせぬ未来へと帰国するべし

歌うとは我を踏み出すことたれと汀にせめぎいる朝の水

帰る場所彼方にあると思わねどこの空のはて日暮れは見上ぐ

事故車両タイヤ外され積まれいる工場裏に昼の雨降る

総括を強いる霖雨に濡れながら最後の旗が夜を発ちゆく

自動巻きの春暮れ果てて液化してゆく宵闇を彗星渡る

西日差す窓際の椅子　その椅子に一年を経てわが帰り来し

アジア・バザール

極東の悲しみの雨の黄昏を巡礼めきて影が行き交う

蒸気あげ夜の雨降る雑踏に濡れて見知らぬ女待ちおり

雑界と呼ぶべき路地に声のみの女を探しさまようわれか

大通りにサーカスの来しあの日から「世界は象の背中に乗って……」

死にゆける核熱量を天央にいただき歩む聖河への道

人間を睥睨しつつ黒き者明かりを消して低空をゆく

昭和百……余年のとある黄昏の帝都の闇をゆく犬の群れ

内臓のごときを見せてバイク一台雨の火口に朽ち果ててあり

ファンファーレが国家を謳(うた)う秋天の霹靂として焼け落ちし橋

日本では絶滅したる車たちが熱帯の雨の薄暮を点す

スパイスの香る市場に生き生きと声を荒げて人はいさかう

現し世と呼ぶ一本の大路ありて獣と機械にごった返せる

遠からず天から毒が降り来ると杞憂の憂を私もうれう

暗黒の大王必ず天降(あも)り来る明日を信ずと言いて稚(わか)かり

町の名は「未来」鋼鉄(はがね)の兵士らがある日扉の前に来ていて

極月の地に低く霧は流れつつ焼け爛れたる戸口を隠す

冬の雨止まぬ北との国境が開(あ)き女らがまずやって来る

パンのため自らを売り雨の日は歌うたうしかなくて唄える

祭壇へ運ばれゆける血の像に自転車の小羊たちが従う

懐にメリケン・サックしのばせて夜のフェンスを越えゆきしとぞ

時報前のニュースに短く映されて自由という語日向（ひなた）なす国

生まれきてまだ幼くて知らなくて今日あっけなく撃ち殺されし

ごみ置き場に雪降るような明日しかなくてそれでもまだ楽しくて

突風に礫（つぶて）のごとく黄砂降る真昼日本人だらけの日本

停電の春の巷を人あまた失踪人のごとく過ぎゆく

日没までを解放されたる車道にて祝日迷彩服の少女ら

約束の春と思えば何もなき日々の辺に置くガンジスの水

ヒマールの峰を越え行く音階はサ・レ・ガ・マ・パ・ダ・ニ・サ*歳月の歌

*インドの楽器シタールの音階

兵としてたたかう雨の野の夢にまた一年が知らず過ぎいて

炎天に黒き傘さし固く閉ざすドアを叩いて町を巡れる

微熱持つ雨の中なる十年の旅の終りにバスを待ちおり

RUSH

三〇歳で始めたボクシングを、いまだ細々と続けている。

ヘッドフォンに凱歌小暗く響かせて夜の鏡の前にわが立つ

ひもじさに拳を固め耐えいしにまた蘇る血だらけの顔

かろうじて戦闘姿勢取りながら雨に抗い突堤へ来し

選ばれて敗れん君にたてまつる減量のための一杯の水

〈拳聖〉の孫という名を背負いつつ遂に膝つく　苦しかるらん

タオル舞う刹那凍れる呼び声を君はリングに口づけて聞く

フィニッシュへ至れるラッシュ巻き戻し血まつりという祭を思う

膝震え脳髄震えてゴング待てば恐怖というはつね鮮しき

まこと我は血の詰まりたる袋にてレバー、テンプル、ボディ打つべし

戦闘のための儀式は幼くてアニメの少女に愛を捧げる

劇果てし街の深夜のオデヲンの便所の壁に拳痛めつ

ゆくりなき「ファイト！」の声に背を押され孤立を砦とする他はなし

戦うたび顔崩しつつ年齢を引き受け生きてゆくということ

雨の現場

県境を越えて河原の現場まで移民のごとく
運ばれてゆく

10トンの排水坑を埋めると穴掘る男たちに
交れり

掘るために掘る単純な肉体のこの苦しみに
今日はやすらぐ

雨の中雨を浴びつつ鉄を運ぶ男いずれも湯
気をまといて

迷彩のダンプ転がし廃材を捨てると荒れた
林道に入る

暴れたき重機あやうくなだめつつ今日の高
みにアクセルを踏む

労働は天の苦役と歌うたい雨に濡れつつ昼
飯を食う

破壊とはかく簡潔に身震いてパワーシャベ
ルが路面を抉る

アスファルト剝がされ無残に傷口を晒す国
道を雨が濡らしおり

飲んで寝るために働く男たち英雄のごとく
汚れて帰る

バリケード封鎖されたる工事区にブルとユ
ンボが冷えつつ眠る

NEVER-LAND

脳内に閉鎖されたる遊園地ありて泉が日々
涸れゆける

廃線となりて錆浮くモノレールその終点に
ゲート朽ちあり

〈天国まであと少し〉にてバリケードと監視
カメラが客（ゲスト）を迎う

撤去作業中断されし電動遊具の森にインコ
の大群が棲む

観覧車愛の檻から出られない男女を乗せて
永久（とわ）に静止す

電動の侏儒に囲まれ石化した笑顔老いゆく
白雪姫は

総身を薔薇に巻かれて絶叫の凍る月下のジェットコースター

壊れたる「時の広場」で果てしなく温きコーラを吐く販売機

鳥獣園のフェンス破れしひとところ食虫花赤く咲き乱れいつ

新しき命造ると気負いたる科学の末の双頭の獅子

排水溝の闇にイグアナ生き延びて極彩色の夢みて眠る

遺棄されし記憶のかけら夥しく海賊船の池を埋めて

インディアン砦の東何者か火を焚く煙り日暮れは上がる

帝王と自ら称し傾きし童話の城の高みに住める

晴れた日は消毒液と撤退を命じる声が空より降り来

黒鳥が群れなし襲うゴミの丘にまた新しき〈聖戦〉起こる

奇形なる四つ葉のクローバー中庭に揺れて
出口のなき「夢の国」

ガーシュインの子守歌

生まれんとして苦しめるものの名を呼び臨
月の夜を数えつ

冬木立その簡潔を仰ぎおり子をなして子に
疎まれんとす

父と子の長き悲劇の始まりを嘉(よみ)するがごと
今夜地上は

水音が闇の間(あわい)にひとしきり聞こえて止みぬ
すぐ夜が明ける

天つ日の金の日照雨(そばえ)に束の間を祝福されて
歩みおりしが

責任を逃れ出で来し海岸に砂が埋めてゆく
乳母車

春過ぎてまだ鎮(しず)まらぬわが日々の罰として
今日「父よ」と呼ばる

ばかぼんのぱぱとなりたる私(わたくし)は悲し真冬の大樹のほとり

求めればすなわち叶う人生と思う間もなく鉄橋を越ゆ

わたくしの稚(わか)さようやく終わらんとして白樺の疎林を過ぎつ

合歓の木の眠りおねむの男の子夢に忘れて来し銀の鈴

歳月の窓辺に置いた旧式のラジオが歌うガーシュインの子守歌

夢の島にて

検問のトンネルを抜けわが来たる全的な死の進みゆく土地

遠景に東京を置き整然と痩せた起伏の広がれるのみ

航空機着陸進路水路なし暗き海面に風荒れており

迷彩のヘリに空より監視されガス立ち込める谷くだりゆく

おそらくは恋人どうしの写真にて剝き出しのまま陽に灼かれいし

鳥葬のボクシンググローブ転がりて激しく暮れてゆくゴミの島

散乱するヌードグラビアの中の美女消毒液にまみれ笑みおり

闇迫る夢の最終処理場に自然発火を待つ冷蔵庫

おびただしき黒鳥空に群れにつつ争いおればいるほかなし

繁栄の排泄物の上に建つ〈新しき町〉ただに祝わん

ニンニクと十字架

二次会の酒の肴の噂では夜な夜なわれは生き血恋うらし

通俗な吸血鬼たる悲しさはネオンの森にひそみ女（ひと）待つ

盛装に行き交う誰もニンニクと十字架（クロス）を笑顔の下に隠して

月光が悪夢をノックすればまた黒きマントを羽織り出でゆく

忠実な御者ひとり乗せ裏口に欲望の馬車すでに来ている

八百の嘘を重ねて口説きたる女に否と言われておりぬ

婚礼の夜をおまえは脱ぐためのシルクをまとい逢いにゆくのか

肘鉄をまたもくらいて仕方なく東の魔女と飲む赤ワイン

街灯の笑いさざめく夜を来て節度知らざるわれに居直る

六〇〇ccの血を抜き軽くなりし身を満月の下運ぶ ひもじき

アルコール切れしばかりに全能感失せて回転ドアに拒まる

曙光（しょこう）空に鈍く兆せば棺桶のごとき眠りへ帰るしかなし

度を越して生きる今日こそ楽しけれはげしく嘔吐感に耐えつつ

来る春は悪名をまた引き受けてよく働いて必ず酔うべし

暗黒的東京（トウキョウ・ノワール）

一九九五年四月十五日、「ハルマゲドン」を予告された厳戒の新宿に私はいた。

新宿は薬物テロを飾りおり危機に冷たく接吻（ベーゼ）する街

「欲望の新都心なる真昼間に神は半眼にて訪れん」

人道を説く報道の扇動に心を誘導されてわが来し

痙攣は千の広場を伝播して凍れる楡は火にくべられつ

「春雨に宣戦布告されたので掃除をしたらすぐ帰ること」

男らは動員されて辻に立ち封鎖されたる駅に灯点る

百人の聖者の踊る駅頭を音なく映す億の画
面は

不吉こそかく輝くと溶暗の視界に野火の移
る素早さ

街川はあまた死体を浮かべおり玩具の死体
自転車の死体

オリオンを髪に飾れる少女らが列なして夜
の入り口を入る

河口に降る雨は最終段階に入りたるらしき
入りて穏（おだ）しき

ロシア製巨大ヘリ飛ぶたまきはる明日（あした）私は
空を見上げて

時代という仮象の雨の中で、あくまで自分自身である
こと、リアルであること、は難しい。

職のなきわれは行方のなきままに職安通り
裏に夜を待つ

雨の河二つ渡りてわが来たる雨の東京路地
より暮るる

かりそめの今日かりそめの都市の夜へかり
そめの我が歩み入りゆく

ガード下に何がいったい悲しくて豚の性器
を噛みながら酔う

知りたがる舌の上にて甘やかに組織崩るる
一ひらの肝（きも）

託宣の酸に洗われ緊まりたる一塊の脳数千
を思う

幸せを科学しながら飲むほどに酒こそ神と
思い至りつ

毒性の霧燃えて降る今日ならばおかしくな
ってもおかしくないから

混迷の酔い深めいるこの店に聖ニクラウス
すぐに来てくれ

良識を鎧うテレビに美化されて寒き祝（はふり）のた
めなる言葉

「罪のなき庶民」と我を名指しする電波に必
ずいつか殺さる

善良な一市民たるひもじさは善良な悪明日
もなすらん

夜明けまでに街を抜け出し貨物線の鉄路を
越えて告げにゆくべし

童話のごとき

壊れつつたたかう昨夜の夢にして海とはいかなる愛の譬喩なる

雨の夜の留守番電話に愛を言う過去からの声二度聞きて消す

悲しみのかわりにビンに秋空の色のビー玉溜めてあなたは

どのビルも夜空に暗号またたかせ今日の私の使命を告げる

救済の雨待つ前に昇るべき十三段の階段がある

空々しい空をたたえて歌おうか（大人になったら戦争にゆく）

嘘をつく男となりて今日もまた上(うわ)の空なる空に手を振る

風吹けばまたいそいそと桶作る童話のごとき人生でよし

生きて在ること狂おしき黄昏はちゃんちきおけさ広場に踊る

不幸せな王と王子の居る国の伝聞も絶えた
だ秋の風

わたくしという体制の北限の凍土に立ちて
雨を見ていき

論争ののちの左脳を眠らせてウタリの森に
初雪が降る

冬の雨の中のドブ川今日越えてきみに主（しゅ）は
来る少し遅れて

貧乏な神とひもじい女優とがすれ違う前夜（イブ）
聖しこの国

たたかいが終われば必ず逢いに行くリンド
ウの花右手にさげて

再見

月の出を水辺に待つとパーティを抜け来し
汝（なれ）と橋に落ち合う

名を呼ばれ振り向くときの香水のかすかな
香り　香りは記憶

他愛なき話聞きつつブラウスの小花模様を数えて飽かず

水鳥のさえずるごとき口づけを繰り返しつつ夜の水際へ

わが名前呼び間違えて言い直すときの視線の揺れをかなしむ

街灯の下に来るたび肩を抱くわが手たくみにまたすり抜ける

火遊びと呼べばかすかに華やぎてエレベーターのドアを閉ざしつ

にがき夢二人みるため来た部屋のベッドのわきのシャガールの馬

夜の色のコートの下に壊れたる心を守るがに去り行けり

搭乗の手続きを終えラウンジからかけ来し通話短く切れぬ

愛よりもあおく魂より脆くそれでも今日はやたら元気で

その胸に手を置き眠りていし昼を過去と名付けて改札を出(い)ず

流れ行くものの極みに女という一回性の暗き輝き

行きずりの六月に聞く雨の歌「再見……再見……」君が淋しい

銀河計画

横浜のマクドナルドに異星人おりて指令をわれに伝え来

目と耳をきつく閉ざしてある夜恋う夕日のテロル風のファシズム

月出でて地上に悪をもたらすとトルコ桔梗の花を散らせる

丘の上のカテドラルより鐘の音は真昼破片のごとく降り来る

報復のための言葉は輝きてバーに重なる跳躍の影

大脳の北半球は冬枯れて眠りの中に火の手が上がる

高みより黒衣の指揮者が夜を告げ悪男悪女
集う街上

乳と蜜の溢れざる土地見下ろしてバベルの
塔のごときに住める

この夜の静けき闇に連なりて山狩りの火を
逃げゆく男

自らのために走るとうそぶけば鉄条網の先
に海見ゆ

雨やまぬ下界を監視し今日もまた何事もな
しと報告をする

北より来し勧誘員はわが家を「悪魔の家」
と名付けいるらし

あかあかと憎悪の回路作動するまでをひも
じく濡れいる犬か

キツネ目の男おそらくこの夜を屋台に寒く
臓物（もつ）食いおらん

十八階の窓から侵入する電波夜ごとあなた
の夢を苛（さいな）む

意地悪なオオカミはもういないから

子供らの夢の戸口に月一度ネコの音楽隊が来る町

争いのなき日々の歌うたいつつ十年前へカラスが帰る

フクロウの森開かれて原色のお菓子の家の建つニュータウン

近代的個性不吉に輝きて初夢の中を鶏が飛ぶ

しっとりと雨を含みて内暗く始祖鳥の卵(らん)育める森

雨の中の羊を数えわたくしの昨日へ続く夢に落ちゆく

逆立ちする河馬ほどの楽しきこともなき後半生と思わざれども

輸送機のカーゴに荒く眠りつつ運ばれてゆくライオンがある

天高く馬恥じらっている秋の臨時閣議の核抑止論

山猫博士のその後について喫茶店「空」にて五行のメモ取りていき

ドングリ山のふもと深夜のバス停に狸穴（まみあな）行きのバスが待ちおり

数万の鰯きらめくあきぞらはむかしばなしのごとき夕凪

食べられてしまいたる身をかなしみて魚（うお）のたましい彼岸へ渡る

意地悪なオオカミはもういないから古い絵本を閉じて眠れよ

いつか王子様が

近未来映画セットの街歩む化学の雨に傘濡らしつつ

犬を曳き過去からの人歩み去りマシーンばかりの黄昏となる

いつの世に死罪賜いしわれならん昨夜地球はあまねく晴れつ

異星人また一人空へ帰りゆき水辺淋しく四季巡る街

人間が二足歩行に行き交える見覚えのある
雨の暮れなり

貧相な悪夢が風と踊る夜はおまえの来世の
名前を呼んで

笛を奏でブリキの人が刻告げる不思議な街
に春の雪降る

犬狩りにゆく男らか厳寒の広場の闇に椅子
燃やしおり

いつか王子様がやって来る朝よく晴れてジ
ャングルジムが激しく冷えて

南への出立は明日　凍りたる鉄塔の向こう
陽が沈みゆく

キャロル

――そのキャロルは救済を告げない。

「重大な事が発表されるのでテレビをつけて待機しな
さい」

籠りいる真冬の正午絶え間なくヘリコプタ
ーの音の降り来る

「救世主」街に溢れる昼にして晴れていよいよ世界は寒い

乾きたる無人の町の白き昼水量を徐々に増す地下の川

わが明日をそそのかす低き声を待つ夜の裏口を小さく開けて

「しっかりと雨戸を閉めて火を消して明かりも全て消してください」

ライターにオイルを充たしサイレンの遠鳴く都市の夜に出でゆく

人類の進む道説く雑踏のハンドマイクに〈愛〉歪（ひず）みつつ

北風の円卓会議決裂し開戦となる冗談だろう

千日の夜はまた来て甘やかなデマは帯電しつつ空飛ぶ

「流言に惑わされぬよう冷静な態度で事に対処するよう」

今夜街は男と女に溢れつつ光の塔を高みに飾る

命令をされたき一人一人にて夜の路上に火
を囲みおり

異邦人辻に屯（たむろ）し何するとなく険しき眼投げ
かけてくる

讃美歌を大音量で奏でつつ水辺を目指す重
装の群れ

「移動時の車の使用は禁じます幹線道路は閉鎖されま
す」

赤色巨星出ずる夜更けを街上に彷徨（さまよ）うもの
の遠鳴り聞こゆ

殺気立つ日暮れの駅の雑踏に呑まれ名前を
呼び合う家族

機械音未明に止みて朝日の破片散乱しいる
路上映さる

また一人神が投身自殺して寒さ増せるとニ
ュースが伝う

「走行中の車は路肩に止めたのちキーを抜かずに放置
しなさい」

神としてテレビ画像が俯瞰する火だるまの
バス　讃美するべし

街灯は昼を点して路上には猫の死骸の散らばれる街

人民と呼ばれる人ら映されて太陽を指すブロンズの腕

黄昏はガラスの雨が海岸に降るので家を出てはいけない

「JR私鉄並びに地下鉄はただ今すべて止まっています」

灼かれたるアスファルト上におびただしき人間の影刻印されて

約束を信じ夕べの駅頭に百年を待つ青銅の犬

主は来ませり主は来まさざりこの夜を諸人こぞりて闘う巷

冷たい汗を拳に握り朝焼けが殺されてゆくまでを目守りつ

「もう一度繰り返します水道の水は絶対飲まないように」

電飾の空のあなたに忘れられ月の破片が寒く架かれる

半島の雨を予報は告げるけれどもう北からの手紙は来ない

花散らす雨の私刑にくみせよといま扇情のためなる言葉

脳内麻薬(ドーパミン)前頭葉の薄闇に発酵させて玻璃の街ゆく

「我が国の市民としての責任を今こそ果たす時が来ました」

祭司なき聖夜のために屠(ほふ)らるる一千万羽の鶏(とり)にリボンを

適(かな)うべき明日(あした)へ至る鉄の扉の前で私の階級を宣(の)る

掲げたる旗の中なる日輪のやがて没するまでは見ていん

電髪の女行き交うこれの世の終りに言葉あらん　あるべし

「十八歳以上の男子はすべからく指定の場所に集結をせよ」

「すみやかにかつ整然と」と絶叫を繰り返しいるラジオを消して

十日目に雨はあがりて乳色の地平に高層ビル傾(かし)ぐ見ゆ

愚かにてかくも愛しき人間と言いて全てが許されるなら

上げ潮のごとき朝日が廃屋の戸口をはつか洗いいたりき

砲声の止みて静もる世界史を花を抱えて待ち人は来る

『闇市』（抄）

その人を見よ

夕月は避雷針の上に昇りたり大恐慌の前の
東京

鶴を追う一団が去り春となる港に異国の祭
り始まる

修道院の門の桜もほぼ散りて食事の前に祈
りする声

紙袋に家財全てを詰め込みて諸手に提げる
その人を見よ

落日のごときオレンジ実りいて噴水広場の
黄昏永し

思い出の初期化の後の夕映えに凪ぎて冷た
く潮満ちる湾

細かき雨が湾を濡らしていたるのみ左様な
らいま船を見送る

新聞紙体にまとい烈風の交差点に立つその
人を見よ

午後の陽が肯定的に差しており肯定はつね
真水のごとし

南京錠探して店を巡りたり川風眠たき春の薄暮は

窓に立つあなたの背後夕暮れの街は琥珀の湖となる

配信の映像の中くずおれて既に動かぬその人を見よ

未確認飛行物体去りてのち発電所の上に夕映え至る

遠くとはいずこの空の夕焼けか今日の高みに陽を反す塔

紛争に息子を亡くし干涸びた大地を穿つその人を見よ

女らが茸のごとく立つ駅を過ぎて恐怖の待つ街へ来つ

零（こぼ）れゆく時刻を告げるダイヤルに心が弱くなれば電話す

一〇〇日の旱（ひでり）を恨み灼熱の天に唾するその人を見よ

日没の余光の金をまといつつ帯電しゆく空中の街

セイウチは水族館に眠りいん月いでてその月下を帰る

正確にタイル数えて歩み行けタイルの神に愛されるまで

叫びつつ雨に濡れつつ真夜中の自販機を蹴るその人を見よ

「覚める」とは「知る」ことなれば怯えつつ乳白色の朝に目覚めつ

朝光の泉の水を掬わんと両膝を折るその人を見よ

青空の剝落のごとき光にて朝の涼しき海に降りおり

大木の下（もと）にひもじくひざまづき頭を垂れるその人を見よ

残照の僅かに及ぶ石壁に凭れて嘆くその人を見よ

闇市

人さらいが来るからドアを開けるなと言い置きて冬の縁日に来つ

黄昏は潮の香澱む町にして明かりの点る前のひもじさ

友達と呼ぶしかなくて凪の夜は運河の臭う岸をうろつく

「犬に注意」という札の下馬づらの痩せた犬居て悲しんでいる

写真掲げ行方不明の子を探す母らか雨の駅頭に立つ

神隠しに遭いてしまいし少年の写真やさしく夜ならんとす

闇市の灯り暗きに待つ女罪の重さを唐突に問う

ここはどこの南京町かアーク灯を点す通りに水の音する

焼け焦げた香港ドルを差し出して思い出を買う男らばかり

誰も皆叱られたくてノックする古い扉がその町にある

夢なれど鉄の扉の前にまた皮手袋の男が待てり

望郷の日暮れたとえば火祭に賑わう町にたどり着いても

蠍座が傾き沈む町に来て無蓋の貨車の発つを見送る

着ぶれた猫と月下にすれ違い見覚えのない路地を入りたり

野良犬というを全く見なくなり電柱淋しき横町である

裏通りの捩子が巻かれてブギが鳴り男同士がワルツを踊る

終りたる昭和思えばかなしみのごとく蝙蝠飛ぶ月の宵

満月の満開なれば月見荘百一階に住む人を恋う

失踪の人追うごとき寒さかな夜風は銅鑼を打ち鳴らしつつ

冬火事の果てててますます不可解となればいでゆく夜の屋台まで

ぱらいそ

テレビという祭壇の上ペットボトルの塔を幼き息子は祀(まつ)る

いくつかの恋写りいるアルバムを他人の記憶のように辿れり

桃浮かぶ東の空が夕焼けて夜(よ)も昼もない世紀が来ても

神様の言うとおり明日晴れたなら使者として来る初秋の風

凛々と天気漲る秋天にアンゴルモアの矢を放つべし

閑古鳥とはいかなる鳥かその羽根の色を思いて夜明けに耐えよ

明けてまだ灯を点す街　雨の朝　夜は暗くて昼はひもじい

冬が来てその人もまた母となり雪の淋しき
説話を語る

過去のないこの丘を出(で)ず子のために杏を植
える生き方もある

「俺は…俺は…」おれは今夜もポストなり赤
く塗られてただ口あけて

生きている意味はさておき月夜にはブリキ
の太鼓たたくたたたたく

過疎の村「ぱらいそ」へ行く夜行待つ男ら
ならんホームに眠る

闇深き今夜いかなる前夜かとこの世のいち
ばん隅に飲みおり

犬町

回想のごとく点せる駅にして「当駅止まり」
の電車のみ着く

駅頭に救世軍の兵老いて悲しむごとく喇叭
吹きおり

橋二つ渡りたるのち諦めて西日の路地に飲み始めたり

バス停の表示は「犬町」日が暮れて夜風の辻を終バスが発つ

夕日坂過ぎて犬町　闇へ続く木の電柱に誘(いざな)われ歩く

迷い入りし通りに夜の影群れて路上で何か物を煮ており

大時計午前零時を打ち終えてそののちはただ月光の町

軋みつつ回送電車去りてのちホームの先の闇かぐわしき

コールタールの匂い漂う春の夜を過去へ過去へと角曲がりゆく

昭和終わりし頃からならん野良犬というを全く見ずなりて久し

野良犬のおらぬ犬町犬捕りの男ばかりが過去をさまよう

春の夜の綱渡り人(びと)落下して月のみ残る有明の空

落ちぶれて寒き夜明けを辿りたり昨夜の記憶なくしてわれは

忘れよと言われるたびに思い出す運河の町の軒先の雨

酔い醒めの駅前銀座仲通り殺風景な今日が来ている

西貢（サイゴン）の犬
――ホーチミン市7／31―8／13・2001

旧サイゴン　夏　男らの手から手へ運ばれて行くグランドピアノ

煮え滾（たぎ）る真昼の雑踏　厳粛に漆黒のピアノが大通りを渡る

サイゴン川やがて暮れ初め口ずさむ佐佐木幸綱のヴェトナムの歌

指二本のみなる手にて物を乞う少年にわれは追い詰められて

ごみ箱を漁る少女らいつか必ずキャンディの雨がこの路地に降る

すれ違うとき目を逸らしお互いに日本人たることの恥ずかしさ

統一会堂　三首

一台の戦車（タンク）を囲み解放の旗に埋もれる広場の写真

4／30・1975

炎天下の旧大統領府宮殿の地下放送局、屋上のヘリ

ヤギひげの老人が笑まう写真にてあしたの空に女学生は掲ぐ

戦争証跡博物館　五首

小学生の私の耳の覚えたるグエン・バン・チュー、グエン・カオ・キ

この街にかつて人間たりし者　その残骸を掲げる兵士

ホルマリンの中に見開く胎児ありその母のこと思えば痛し

死ののちも苦しむ双頭の胎児にて心叱りて見なくてはならぬ

黄ばみゆく昨日（イエスタディ）の鬼として写真にケネディ、ジョンソン、ニクソン

メコン・デルタ　三首

パパイヤ実るメコンの中洲この森に枯葉剤注ぐさまをこそ思え

高木は焼き払われて血管のごとき河あり赤土のメコン

薄明の記憶のごとくダイオキシン残留しいるデルタか　歩く

＊

国営のレストランにてアメリカ人のカップルが命ずるカクテル「Ｂ52」

「血だらけのＭＡＲＹ（ブラッディマリー）」飲みつつ我は思うかの朝かの河に血だらけのヘンリー

ナパーム弾青く光らせ大地ありきＢ29からＢ52までの二十年

歳月を押し流しゆく朝焼けの西貢（サイゴン）川の橋の上の犬

甘嚙みをされたるままに亜米利加になびける国かあるいは日本

国家とは塩壺なのか　戦争に手足なくした物乞いの群れ

地雷にて足失いし者たちが隊列なして歩くまぼろし

ＳＡＩＧＯＮの雑踏にＨＯＮＤＡ走らせて
真昼の熱き雨浴びており

バイク飛ばし一方通行逆走すスコールしぶ
くホーチミンの街

公安（コンアン）のサイレンにわれは追われつつこの街
の風額に受けいつ
公安（コンアン）＝ベトナムの警察。ジープをパトカーとして使用している

ボブ・マーリィ店に流れて日が落ちて次の
戦争までの年月

秋風の立つ北の国ＮＩＰＰＯＮへ明日帰る
と髭を剃りおり

空港へゆくタクシーの窓の灯の流れやさし
く　ＧＯＯＤ ＮＩＧＨＴ ＶＩＥＴＮＡＭ

照準がかつて中心に捉えたる街の明かりを
機窓に見下ろす

八月革命大通り

ごった返すバイクの群れの先頭を雨分け走
る革命大通り

自転車、人、シクロ、荷車掻き分けてスコールの中ブレーキを踏む

一仕事終えた笑顔の男らのこのビアホイの喧騒を愛す

ビアホイ＝旧サイゴンにある庶民の簡易ビアホール

「人民」にわれも紛れて歩み行く午睡の後の魚市場まで

国籍というをひもじくかざしつつ歩くほかなき雨のバザール

爆弾のごときドリアン厳重に封印なしてわれは運べる

屋上に掲げる旗は燃え上がる炎の中の金色の星

店番の路上に本を読む少女必ずやこの国を担えよ

戦勝を革命と呼ぶベトナムの今朝を見下ろし低空のヘリ

この街の戦後二十五年の川風を受け自転車で市場に向かう

過去形も未来形もなき越南語（ベトナム）今日を生きつつ女たくまし

青空の下に破れたシャツを干して子供の頃は貧しかった日本

停電のドンコイ通りかつて兵でありし男ら淋しく群るる

少し疲れわが登り来し高楼に振りさけ見れば越南の月

民族の泥の海峡今日越えて息子のために日本へ帰る

半生を長い休暇と思うとき胡志明市(ホー・チ・ミン)に過ごしたこの二週間

この世の終りまで

華氏百度の大気の中を歩み来ていたく朽ちたる門扉に至る

敷石は時間というを思わせて辿り行くときわれも旅人

他人事(よそごと)とう苦き言葉を噛み締めて臭うスラムの路地も抜け来つ

港には必ず南京街ありて豚の頭を戸口に飾る

男あり　ロバを伴い日没を宣(の)りて西日の辻巡りゆく

生き直す事まだできるかと問う声の、声のはざまの亜熱帯の雨

教会の門閉ざされて傾きし塔の向うに夏の河見ゆ

石畳くだりゆくとき霧動き街現れつ　やがて鐘の音

弾痕の残る壁までこの朝(あした)歩幅正しく歩み来たれり

暮れてゆく台座の上にああ人は民族の剣互いに掲ぐ

歳月にキャタピラ浸し凍えいる戦車の悪夢にわれは近付く

停電の大通りゆく人の群れ　風に吹かれて雨にぬれても

屋台にてビア飲み干せばパラダイス鉦と太鼓の集団が来る

人間を最後は愛し笑いつつ働くことが最上大事

ピアノバーの曲は「この世の終りまで」その日私はおまえを抱いて

植民地の名残の伽藍　鐘楼を見上げておれば歳月が行く

日暮れには必ず停電する街の闇の匂いをわれは喜ぶ

夕闇のマントを羽織り男らは嘆きの列のごとく過ぎ行く

車夫として老いる生あり西へ行く者ら犇く大河の此岸

帰国して喪のごとき夏　黒き傘させる女とまたすれ違う

八月の日本列島いずこにも「平和町」ありて半世紀過ぐ

君の眠りに雪降る夜は

息子に

泣き寝入りしたる息子がみる夢の戦火と王と銀盤の月

君の眠りに雪降る夜は呼びに来る悲しみの馬車鈴を鳴らして

とっぷりと春の夜なれば家中の時計を妻は卓に並べる

おたまじゃくしが盥に死んで春の夜の絵本の空を星が流れて

着脹れて汚れたヒツジの羊彦わが夢に来てしきりに寒がる

一人遊びの幼き雲よともだちが呼んでいるから早く帰れよ

わが猫が寝言いいつつ眠るころ海に琥珀の月昇り来つ

煙草吸うポーズなどして父さんは屋根に今夜も月を見ている

この夜明け「はたらくくるまのいろいろ」が街走りおり街は働く

宇宙人を恐れ幼き息子なり真夏も毛布にもぐりて眠る

憂うべきこと何もなし八月の雨降（あめふり）山に雨が降りおり

大阿呆小阿呆ありて楽しけれ人を囃（はや）して飛ぶ阿呆鳥

あおによしならぶ自転車月の夜に盗みて乗らん青鬼もがも

味酒（うまさけ）の三輪車いま朽ちゆきて十歳となる君、おめでとう

十万馬力の春

人のなき村道広く真っ直ぐに科学の砦三基へ続く

東海村原発初号機建物ごと封印されて我を待ちおり

バリケード鉄の垣なす八重垣を越えて最終ゲートを入りぬ

くろがねの力からくも制御して蒸気沸かすと昼を点せり

そびえ立つさまは君臨するに似て神の熾火を飼い馴らす塔

無力なるわれらただちに導かれ隔壁めぐらす地下に黙せる

強化ガラスにウラン原石護られて拝謁のため人は列なす

冷え冷えと聖餐の卓点す夜のためその黒き石を崇めよ

加圧器の内部なる闇　姿なきアトム飛び交うさまをこそ思え

落雷に送電塔の燃えいるを映し無音のモニター画像

放射線浴びせ突然異変種の薔薇真紅なる大輪咲かす

東海の入り江の磯に風荒れて西陽の中の第二原発

鋼鉄の羽なす巨大タービンの静かに回る春の夕暮れ

「緊急時情報集約エリア」なる白亜の不吉ありて閉ざせる

廃棄物最終処理場貯蔵棟前（さき）鹿島灘沖津白波

窓のなき円筒状の実験棟静まりおれば夜を恐れる

繁栄の明日信じいし幼さのウランの兄の美はしき名アトム

その昔こころ正しき科学の子十万馬力の春はめぐりて

宇宙線突き刺さる野を風が渡り防護フェンスの先の黎明

核融合の連鎖に太陽燃えながらメルトダウンの春は暮れゆく

NY

いっぱいに洗濯物を干した船ブルックリン橋を今くぐりゆく

エア・メール三通出してそののちは暑く眠たい中華街の夏

水漏れのやまぬ通りに虹が立つ「無問題」なる今日を重ねて

下町（ダウンタウン）の麦當勞（マクドナルド）の看板に朝日及べはつかの間祈る

貧しくて笑ってしまうしかなくてＢＩＧ（ふとっちょ）・ＭＡＣ（マック）にカラシ塗りおり

地下鉄の闇に物乞う黒人に２ドルを渡し「サー」と呼ばせつ

運河（キャナル）通りで昨夜二人が殺されて　見ろよ兄弟、陽の当たる壁

この夜のどこか　揺らめくビル陰に暗黒街という街がある

大恐慌の最中（さなか）組まれし塔にして「帝国（エンパイア）」の名を掲げ点せる

夕立の橋渡るとき雷光に閃（ひらめ）き一塊の影となる都市

雨やまぬ42丁目サイレンが夜の深度を告げて近付く

ブラック・タイしめて来し夜の劇場のバー二杯目のブラディマリー

唄いつつ泣きだす時に幼くてライザ・ミネリに似ている女優

ベルリンの30年代の歌姫の戦争までの酒とブギ・ウギ

「人生はキャバレー」なれば開戦まで靴下にドル挟んで踊る

行方なく信号待てば窓ガラス割られ再び夜が始まる

酔えばまた過去世を歩くごとくして深夜華やぐドアを入りたり

空き缶を両手に捧げて人は唄う　ここであそこで全ての場所で

サマータイム

リトルイタリー(CHINATOWN)の先の運河に陽は落ちて「明星酒家」のサイゴンビール

旅に来て旅する夢をみる寒さイーストリバーにすぐ朝がくる

BATTERY PARK

ハドソン河に朝は生まれて移民の島エリスへ渡る船が出てゆく

黒人の子らが先生に連れられてはじめて海を見る夏埠頭

BROADWAY

キャブの窓を時が流れてカーラジオに聴く真夜中のポール・サイモン

WASHINGTON SQUARE

郷愁はワシントン広場の夜の更けにフォークダンスを踊る少女ら

CENTRAL PARK

十代の『ライ麦畑のキャッチャー』のラストシーンの回転木馬

NEWS

九人を救うと百人を殺すこの、ヒューマニズムの、雨の、米国

地の塩の凍る死海のレポートはフル武装した赤ん坊映す

GROUND ZERO（世界貿易センター跡）

地下駅に電車ごとまだ埋まりいん九月の死者の上に来て立つ

テディベアのボタンの瞳とれており「たくさんの子供がここで死んだよ」

天離る朝日の高みすでに無き双子のビルを我は見上げる

家族写真を壁に掲げる父と子を離れた場所に見て過ぎるのみ

あっけなく晴れて影濃き夏なれば我も救いのリボンを探す

ハーレムの夏

ガーシュイン・ハウス

空き缶とポギーとベスと夏雲とハドソン河をゆく貨物船

WEST SIDE

「マリア、マリア」フレアースカート裾揺れて金網ごしに悪い夜が来る

JAZZ AT VILLAGE VANGUARD

厳格なピアノと奔放なドラムスとおもむろに過去を奏で始めつ

コルトレーンのポートレートに供えたるジンと時計に及ぶ光は

サー・デュークの思い出点すカウンターに1ドル硬貨積み上げて飲む

歳をとりしアルのドラムの踊り出しそれを自由と言われうなづく

汗だくで演奏終えしドラマーと飲めばライムを齧りて笑う

125丁目　HARLEM

この国のわかりやすさの夏空の砂糖の丘(シュガーヒル)には金持ちが住む

マルコムX通り

ラングストン・ヒューズの詩集売る路上少年は遊ぶバスケットボール

黒き犬地下鉄駅までついて来ぬ路上に唾を吐きて歩めば

SOUL FOOD

「今日」だけを重ねる朝のひもじさは地下鉄で来る神様を待つ

HARLEM 11PM

撃たれてもいい気になりて歩きいしが闇に馴れゆくほどに畏れつ

SUBWAY

拾いたる王冠幼き掌に握りAトレインで行ける明日まで

SUNDAY CHURCH GOSPEL

体揺すり「エーメン」「ハレルヤ」繰り返し階段昇るごとし祈りは

空に向け手を突き上げて人は歌う天国も今日土砂降りならん

その後の朝

「9・11同時多発テロ」から一年後のこの夏、猛暑のニューヨークで10日間過ごし、帰国後に旧盆の沖縄へ行った。

マンハッタングラウンド・ゼロ

不謹慎と言われても天の傷跡を見るために来て〈言葉〉探せり

めまいして仰げばいまだこの空に落下の形とどめいる人

旗として掲げる鷲とオリーブと　靡(なび)かせ今日の信号を待つ

巻き戻すフィルムの中の戦場にかの日流れていたプレスリー

人間がミンチになるという比喩のハンバーガーヒル　ベトナムの丘

大量死(メガ・デス)の映像消せば希望の朝が絶望的にまた始まれる

輝ける闇、焼け残る河を越えその後の朝を歩くしかなし

絶対零度の正義の右岸に出で立つと今朝この国は立ちくらみして

那覇　国際通り

牧志(マキシ)市場二階公設食堂に誰も笑いてミミガーを待つ

白南風のビールジョッキのオリオンのその
三ツ星を高く掲げよ

カデナ基地

良く晴れた「安保の見える丘」に来て息子
と探す金の薬莢

ジェットヘリ逃げ水の中飛び立つを双眼鏡
を借りて見ていつ

旧コザ市

星条旗掲げる店のかき氷　高校野球の決勝
見おり

慶良間列島　渡嘉敷島

しら骨のごときサンゴのかけらにて波来れ
ば鳴る旧盆（ウンケー）の島

ドライブインの窓に拓ける朝焼けのケラマ
の海から夏が去り行く

豊見城　旧海軍司令部壕

地下の闇さまよい出でて米軍機飛ぶ夏空を
われら見上げる

ジャニスに捧ぐ

死にし猫抱きて島唄ともに聴き火葬のため
の車を待てり

この世より死もて解かれて猫といえど前足差しく合わせて逝きぬ

言わなくてはならない言葉朝が来て息子に猫の死を告げており

畏れいま冷たく冴えて夏の昼硬くなりゆく四肢に触れおり

寝ているのか死んでいるのか抱き上げるとき喉の毛がごそっと抜けて

淋しさに兎は死ぬという　そのように死にたる猫と思う思いに

屍を箱に眠らせ引き取りの車が止まる時を恐れつ

白雲の真昼影濃き夏なれば麦酒の沫もせつなく冷えて

今頃はその身燃え尽きいるならんブリキのギターで弾く葬り唄

天敵の小紋潤氏に爪を立て怒れる写真いまに残れる

珈琲色の巻毛としっぽ夕食のアジ分け合いて友達なりき

野に生まれテレビの上を好みたり押入れに死にしジャニス、ジャニスよ

釜ヶ崎・八月

炭坑節唄えばこの世単純に通天閣の上の満月

我を知るひと誰一人ないことの涼しくていつも旅の初めは

宿決めぬまま日は暮れて男らが鉄屑を売る通りも過ぎつ

旅に来て無職のわれは手配師に「兄（にい）ちゃん」と声掛けられており

友愛を掲げ路上に湯を沸かす愛隣地区にしょっぱい夜が来る

労働者は街頭テレビ囲みいて画面の中に町が燃えおり

足音はわれに歩幅を合わせつつ背中汗ばむ闇を付き来る

振り向いてはならず未明の群れの中われは
刑事と名指しされつつ

夜明け前「労働福祉会館」の広場に人はま
ず火を起こす

「新世界」なれば朝から男らは酒くらいいて
我も交れる

幸運の神様の笑み幼くてビリケンいつか夢
で逢いたし

ひさびさに日本で見たる野良犬の群れて物
食うドヤ街の夏

男ありジャングルジムを家として真昼ただ
ただ只酒（ただざけ）を飲む

夕暮れは汗にまみれて原色のかき氷屋の屋
台来る路地

厚化粧の飛田の新地百人の女が立ちて我に
手を振る

入り組んだアーケード辿りたどり来て冷し
飴なるレトロ飲みおり

キムチ売る鶴橋国際マーケット七輪の火を
戸口に守る

だらけたる日暮れの町を驟雨過ぎ放火多発のビラも濡れおり

飯を食うわれらを見張る男いて携帯電話に低く話せる

路上にて犬を友とし暮らす人朝の蛇口に水飲みており

拾い来し電気コードを積み上げて銅線売りの女らがいる

野良犬も人も日暮れは公園に豚足を煮る鍋を囲める

この町の冬を思えば西日差す解放会館屋上の柵

美しき夕空の下「鶴」という町ありてその町に酔いおり

バラックに雨漏りしのぎ日暮れには串揚げいつも買いて帰れる

ホルモンは「放(ほう)る物(もん)」にて人生にあぶれしごとき路地の夕焼け

これからは全て流れてゆくとして夏、釜ヶ崎ちゃんちきおけさ

教会でパンを配ればパンのため今日を生きると人は列なす

噴水の水を両手に受けている人あり朝の光あまねく

晴れた日は大阪湾から吹く風に洗濯物を吊す屋上

モク拾いの男の店も仕舞う頃通天閣の灯りが消える

通りゃんせ信号が我に告げており通しゃせぬ夜の西成交番

物騒な夜の屋台の灯の揺れてドブ酒、生(なま)ギモ、今日夏祭り

鳳仙花咲かせる路地に暴動の記憶やさしく夏ゆかんとす

歳月のただなかに立ち今夜われは「エイサー西成」路上に踊る

ボロを売る露店賑わう横町に神様が来る朝を信じて

水を売る人

春なれば飛行機械が翼広げ花咲く北の大地へ渡る

街角で「シェーン」と呼べば春深し淋しい人がまた振り返る

薬局のケロヨンの前通るたび泣きたくなれる我が解らず

鳥が行く空を支えて何もかも嫌になったと電柱が言う

巨き月空渡りゆく夜をこめて「象耳魚（ぞうみみうお）」の夢をみていつ

象耳魚＝エレファント・イヤー・フィッシュ

いくさ過ぎて夏来たるらし白妙の立花薫その名を愛す

遠浅の液晶画面に怪文書やさしく点る夏はまた来ぬ

今日もまた眠り得ざりし人々か青き夜明けの海に入りゆく

美しき夏雲を皆仰ぎおりサティアンという語も廃れつつ

鳥籠のごとき木ありて月の夜は鳥の眠りを
浸(ひた)すつきかげ

一万年逆立ちをして動かざる山あらばその
山を恐れよ

或る秋の朝唐突に思い出す完顔阿骨打(ワンヤンアクダ)いつ
の王の名

意地悪な舌持つけもの狼(ろう)と狽(ばい)今朝の心の森
に争う

エレベーターの扉開きてほどきたる指から
はつか女(ひと)は老い初む

別れの歌がまた鳴りだしてコスモスの広場
を巡る衛兵となる

世を拗ねて子泣きじじいの泣く声の月夜の
屋台行く先知れず

今夜空は苦もなく晴れて水のごとく時間を
汲みている柄杓(ひしゃく)あり

冬空の大三角形の一辺をとぼとぼ歩く今日
の私は

屋根ごとに銀の風車が一つずつ回る未来の
町に住みたし

砂浜の電信柱　登る人なきを月夜は悲しむ
ごとく

春来れば春の霞を食らいつつ泉のほとりに
水を売る人

歌舞伎ＣＩＴＹ

午後6時　西陽の中にネオンが点る。

魔の潜む通りを行けば赤マント靡かせ昭和
の小父さんが来る

噴水で身を清めいる彼(か)は誰(たれ)そ電飾広場また
たそがれて

夕映えのビルに足場は組まれいて秋空昇る
梯子のごとし

半世紀どこさまよいていし人か復員兵のご
とく歩み来

空を埋めドラゴンフライ飛ぶ街に水のごと
きを今日も売るのみ

日が落ちて駅構内の立ち呑みの店にくつく
つモツ煮える頃

男らは背中丸めて誰もみな頷くごとく飯食いていつ

偽の過去安く商う八衢に電光石火の夜がまた来る

水涸れし泉を越えて我は行く美貌の神が客引く地上

午後10時　路地に小雨が降り始めて。

恋人とはぐれし我は蝙蝠(こうもり)傘を買うと雨夜(あまよ)の信号を待つ

行方なく行けば箱庭療法のごとき街なり傘に溢れて

占いの暗き灯し火濡れながら不幸そうなる女が並ぶ

雨に濡れかつて迷いし九龍(カオルン)と同じ臭いの路地辿り行く

思い出の亡骸のみが跋扈するビルの奈落に雨は注げる

最上階霧に点せる楼閣は眼鏡を濡らし仰ぎ見るべし

場末とはどこの夜道かリンドウの花盛りなる広場も過ぎて

午前0時　雨が通り過ぎて深夜の空に星が出た。

明滅する空中楼の右肩に戦（いくさ）の星の火は太りゆく

火星大きく近付く夜を街上に銀貨を拾う者はさすらう

夜の便器に皆みずからを見つめつつ物思いおり聖なるかなや

絢爛とキャバレーというレトロあり「螢の光」ドアより聞こゆ

辻ごとに立つ客引きの黒人（ブラザー）に地下の夜会の地図を渡さる

薔薇と酒取引をするこの街を暗黒街と呼べば華やぐ

非常階段なき雑居ビル「天国」のネオン眩く放火待ちおり

国籍不明の夜と思えば全館を点す「極東娯楽中心（センター）」

贋金のゴールデン街寂れたりゴールドラッシュの後の月日か

山師らはいずこかへ去り扉のみ残れる路地に過去が増えゆく

午前2時　大通りにタクシーの空車が並ぶ。

自警団に素姓問われて四十年前の家族の住所を言えり

チャイナ服着たる女の一群が手招きをする暗闇がある

真夜中の花屋そこだけ輝きて男群れおりそやかておれは

この夜に拳銃を売る店あると騒ぐ夜風と鉄の階段

なめらかな鉄の素肌の冷えびえと凍(こご)える夜の美名　トカレフ

美少年ばかりが集う店にして衣擦れの音かすか漏れ来る

遊郭のごとく点せる雑居ビル見上げて懺悔の思いは兆す

ここは地の果てと歌声聞こえ来つ「外地」「異国」は昔の言葉

どのドアもみな内暗く閉ざしおり　こんなに夜が…いやもうよせよ

歩めるは哈爾賓(ハルビン)帰りの女らか影揺らぎつつ我を過ぎゆく

午前5時半　白い夜明け。

夜明け近き新宿通り次々と脚をたたみて鴉(あ)群(ぐん)離陸す

美麗的東亜新宿歌舞伎町喪失感的曙光兆せる

この夜明けおまえは遠い　ワルシャワの雨を伝えるラジオ聞きつつ

酒が切れ魔法が切れて夜が明けて放心のごと噴水はあり

薄明の残飯置き場に今日の糧得るとカラスと男争う

抗争の続ける巷凍りつつ解体現場に朝光は差す

長く永き夜が終りて平等に愛のごときが温めいる壁

明けてなおネオン寒々点る街歩きて今日の欲望を飼う

歌論・エッセイ・インタビュー

『言葉の位相』抄

意味とイメージ

短歌に用いる言葉は（より大きく、言語というものの多くはと言ってもいいが）意味を伝える言葉とイメージを伝える言葉に大別される。意味を伝える言葉とは、事柄や感情、抽象概念などを説明する（＝叙述する）言葉であり、イメージを伝える言葉とは、景物などを目に見えるように具体的に描く（＝描写する）言葉である。すなわち叙述詠と描写詠。後者の代表は自然描写など、現実の風景や物の形状をスケッチしデッサンする表現（写生・写実）だが、単にそうしたリアリズム表現にとどまらず、夢や幻想、心象風景、心理状態などを視覚的なイメージとして現した抽象絵画のような言語表現もまた、描写表現の範疇である。

意味とイメージ。この両者は、絵に描けない表現と、絵に描ける表現、と言い換えることができる。たとえば〈昨日、二十年来の友人に久し振りにメールして、同窓会の計画を立てた〉。「昨日」「二十年来の友人」「同窓会の計画」……これらは何ひとつ具体的に絵に描くことができない。つまり視覚イメージを結ばず、もっぱら意味だけを伝える叙述の言葉である。事の顛末の粗筋的な伝達であり、言うなれば散文に近い言葉である。さらに「私は今たいへん悲しい」。これは心情を抽象的・概念的な叙述によって「説明」した言葉である。このように、例外はあるが多くの場合「意味の叙述」は、〈事〉（「人事」に代表される、事柄の推移、心情、あらまし、ストーリー）に対応する言語表現だと言える。対して描写表現とは、〈景物〉を具体的な視覚イメージによって描き出す言葉である。

短歌はこの両者、つまり意味とイメージ、叙述と描写、概念的抽象表現と視覚的具象表現、の兼ね合わせ（またはどちらか単独）によって成立している。和歌においては意味とイメージ、心情と景物、抽象と具象を一首の中で重ね合わせる技法が高度に研ぎ澄まされて来た。また近代写実詠においては、客観写生というキャッチフレーズが示す通り、視覚的具象表現に徹した描写詠の可能性が追及された。一方で、意味性だけで一首を押し通した叙述詠は、人生述懐など一部を除いてなかなか成功しにくいことは、一つの教訓を含んでいる。具体的なイメージを結ばない歌は、どうしても大摑みな概念表現になり勝ちであり、現在においても、歌会で「説明」「理屈」という批評が否定的な意味で用いられているのは周知の通りである（ちなみに「理屈」「説明」の反対語は何か。「描写」である）。

　流行の大脳生理学的な言い方をすれば、「意味」は脳の表層にとどまるのに対して、「イメージ」は脳の深層部分にまで浸透する。大脳生理学者ならぬ私がそのようなことを断言するのが乱暴なら「心の」と言い換えてもいい。意味・説明・理屈は心の表層で〈理解〉される。一方、視覚イメージは深層心理（潜在意識）に到達し、理屈を超えた啓示として体感的に〈感覚〉される。まさに「考えるな、感じよ！」の世界であり、イメージで示された方が想像（創造）力への訴え掛けがはるかに強い。

意味とイメージ　続

前回、短歌（大きく言えば言語表現）における〈意味とイメージ〉について書いた。意味を伝達する表現は脳（または心）の表層にとどまるのに対して、イメージを造形する表現は、脳（または心）の深層部分にまで浸透する。抽象的・概念的な「意味・説明・理屈」は心の浅いところ、つまり表層部分で〈理解〉されるが、一方、視覚的・感覚的なイメージ表現は深層心理（潜在意識）に到達して、理屈を超えた啓示として体感的に〈感得〉される。これはまさに武道や禅における〝考えるな、感じよ〟の世界であり、理屈で説明されるよりもイメージで示された方が、想像（創造）力への訴え掛けがはるかに強い。ここまでが前回の内容だった。

理屈で説明するよりもイメージで示した方が、インパクトがはるかに強い。その最たる例は比喩である。「今日はたいへん暑い」「まるで焼けたトタン屋根の上に居るようだ」。昔から人は、「今日はたいへん暑い」と概念的・説明的に言っただけでは、とてもその「暑さ」の実体・実感には到達できないことを経験的に知っていた。だから、「暑さ」という概念をイメージ化することによって心（脳）の深い部分にまで到達しようとして、比喩というレトリックにたどり着いた。そして、（心の深層＝無意識領域、に感覚的に訴えかけることができる）比喩というその方法は、詩歌の発生の源にもなったのだった。詩歌とは元来、直接的に指示し説明する言葉ではなく、暗示し象徴する言葉の謂なのだった。

しつこいようだが、「今日の気温はセ氏三十三度だった」と言われるよりも、陽炎の揺れるアスファルトの上を口からよだれを垂らしながらよろめき渡る黒犬の映像を見せられる方が、はるかに暑い。それはとりもなおさず、「意味」よりも「イメージ」の方が心の（脳の）深層部分に到達する（＝腹にすとんと落ちる）からであり、詩歌表現の最大の秘密もまたそこにある。だって詩歌とは、つきつめれば、さまざまなレベルでの喩的言語表現のことなのだから。

「今日は楽しい一日だった」。詩歌におけるこのような概念的抽象化は、臨場感やリアリティをそぎ、「楽しさ」の実体を矮小化する。つまり〈意味〉のレベルにとどまる言葉は、せっかくの実感を表層的に、小さく限定する。それに対して〈イメージ〉を伝える表現は、理屈で説明するのではなく読者に想像させ、おのずと読者の想像力を押し広げる。説明とは限定であり押しつけである。そのような時、無意識に我々は反発する。「桜は美しい花だ」。断定されると、我々の深層心理は反発する。そうでもないよ。他にも美しい花はあるし。なんて月並みな……。一方、イメージをもって想像力に働きかけられた場合は、われわれの深層心理は、自らそのイメージに参加する。そこに実感、臨場感、説得力が生まれるわけである。それを心理学者は「サブリミナル効果」と呼んでいる。このあたり、流行のセラピスト（心理カウンセラー）の石井裕之氏の、いくつかの著書の受け売りなので、あまり大きなことは言えないが。

コノテーションとデノテーション

詩的表現における〈意味〉と〈イメージ〉の問題を考えるとき、思い出す小林秀雄の有名な言葉がある。

「美しい花がある。『花』の美しさというようなものはない」（「当麻」）

能楽「当麻」を観た後に、世阿弥の「秘すれば花」という理念に関連して述べた言葉である。私はこの小林の深遠な言葉を、《「美しい花」という存在の実体を、「美しさ」という観念的な言葉によって曖昧に抽象化してはいけない》という戒めと理解する。実際小林は「当麻」において「無用な諸観念の跳梁」の害悪について述べている。「美しさ」と観念化された瞬間、確かに存在していた「美」の実体は失われるのである。そしてこの抽象的表現による観念化こそが、我々が短歌表現において意味・説明・理屈と呼ぶ最たるものである。「悲しい」「嬉しい」といった抽象的説明語に頼ってはいけない、と多くの短歌入門書に書かれているのは、つまりそこである。

意味・説明・理屈は我々の表層意識に対応し、イメージは深層意識に到達する。前回・前々回述べたように、意味的に説明されるよりイメージで提示される方が、インパクトがはるかに強い。こちらから説明するのではなく読者に想像させること。それが短詩型文学の要諦である。そのためにこそ「短さ」は武器となる。読者の想像力の参加によって作品は飛翔する。これは能楽の根本理念でもあるだろう。読者（観客）の想像力を挑発するためには、全てを説明してしまってはいけない。すなわち、秘すれば花。

意味・理屈によって説明するよりも、イメージを提示することによって読者に暗示し、想像させる方が心の深くまで届く。それを前回は心理学の「サブリミナル効果」から説明したが、それに関連して、言葉とイメージの関係を終生追及した映像作家エイゼンシュテインは、次のように考えた。「かたち・形式としてのフォルムこそ、(もしそれが有効に機能した場合は)私たちの感覚の古層にまで到達し、私たちの知覚を揺り動かすものになる」

(「エイゼンシュテイン、または形式の流動性」岩本憲児)

イメージを脳の(または心の)「古層」にまで到達させるのは、他でもない、形であり形式でありフォルムだと言うのだ。これは短歌という定型詩を作るわれわれに、大きな勇気を与えてくれる。

さてそのような、心の奥深く(無意識領域、深層、古層)にまで到達し〝私たちの知覚を揺り動かす〟イメージ表現を、記号言語学では〈コノテーション〉という。暗示し、象徴する言葉(あるいは表現)である。それに対して、もっぱら事物を意味的に説明し、報告し、伝達する言葉(あるいは表現)を〈デノテーション〉という。もちろん言葉の在り方は「場」によって変わるので、両者を明確に線引きすることはできないが、いうまでもなく詩歌の言葉は、粗筋的に説明し報告する言葉ではなく、イメージをもって暗示し象徴する言葉、すなわちコノテーションの側に軸足を置くものでなくてはならない。

潜在知覚と「写生」

前回は言語における〈コノテーション〉と〈デノテーション〉について書いた。コノテーションとは暗示し象徴する言語表現のことで、その代表は詩歌のコトバである。コノテーションは、理屈ではなくイメージをもって、相手の深層心理にじわっと働きかける。そのように、イメージの暗示力によって心の深層の情動に訴えかける知覚伝達を「サブリミナル」と呼ぶ。それは「潜在知覚」と訳されたりする。

それに対してデノテーションとは(イメージではなく意味性によって)報告し説明する言語表現のことで、

我々はそれを大まかに「散文的表現」と呼んだりする。デノテーションが最も力を発揮するのは論証や報道のコトバである。

　報道のコトバでは本来、何も足さず何も引かず、脚色せず、知り得た事実だけを簡潔に「伝える」ことが必要とされる。意図的に受け手の情動を煽り、恣意的なイメージや予断を植え付けてはいけない。極言すれば報道のコトバは、コノテーション（詩的言語）であってはいけない。報道のコトバが詩的情緒性を帯びるとプロパガンダになる。社会的、政治的な扇動である。たとえばナチスの「宣伝」担当相ゲッベルスを思い出しておきたい。扇動者や独裁者の言葉は、しばしば「詩的」で感動的である。

　こうしたことは、過去の独裁政治だけのものとは言い切れない。大きく〈イメージ戦略〉と捉えるなら、現在のマスメディアはまさにその先端を行く。たとえばＣＭ広告。そこには今や、サブリミナルな効果を狙った深層心理学の最先端が反映されていると言われる。それはもはや映画のフィルムの行間に「ポップコーンが食べたい」というメッセージを混入させる、といった単純なものではないらしい。だが、ＣＭ（商業的な伝達）においては何だか騙し討ちにも見えるそのサブリミナル効果が、詩歌では元来きわめて重要な役割を担ってきた。話はいきなり詩歌の「写生」に跳ぶ。

赤光（しやくくわう）のなかに浮びて棺（くわん）ひとつ行き遥（はる）けかり野は涯（はて）ならん

めん鶏（どり）ら砂あび居（ゐ）たれひつそりと剃刀研人（かみそりとぎ）は過ぎ行きにけり

いかづちのとどろくなかにかがよひて黄なる光のただならぬはや

一例だが、よく知られた斎藤茂吉のこうした描写詠は、我々の未生の記憶を揺さぶるような、不吉な胸騒ぎをもたらす。心の深いところに揺曳する情動を、視覚的に象徴したかのような暗示性を持つ。いわば不吉な心象風景。「心象」とは、文字通り心情の象徴である。これらの作品のサブリミナルな不吉さは、茂吉が精神科医であったことと大きく関わると私は思う。

二十五年前、私は坂野信彦の評論「深層短歌原論」に対する長い文章を書いた。坂野の韻律論は現在でもなお最も優れた短歌定型論の一つであると思うが、その韻律論から、呪文のような歌こそが短歌の本質であると論を飛躍させた彼の言説に、私は反論を述べた。真に「深層短歌」を目指すなら、坂野は呪文などではなく、描写詠の究極の可能性をこそ追及すべきだったのだ。

『惑星ソラリス』の海

和歌には「景情一致」という概念がある。心が悲しいと冷たい雨が降り、また逆に、冷たい雨が降ると心が悲しくなる。心情が気象・天候・景に反映し、そして気象・天候・景が心情を方向付ける。それはそのまま、演歌に代表される現代の流行歌の世界にまで繋がっている。百人一首の恋の歌などを読むたびにいつも、和歌と演歌は近いなあと思う。失恋すれば冬の巷を涙雨が濡らし、来ぬ人を待って長い夜が更ける。ご当地ソングなども、ほぼ歌枕の世界に近い。たとえば「津軽海峡冬景色」。「海峡」は単なる場面設定ではなく運命の過酷を暗示している。「冬景色」はそのまま主人公の心の風景である。そして「津軽」は、孤独な流離の思いが象徴された現代の歌枕である。歌舞伎の台詞や香具師の口上などにも和歌の影響は指摘できるが、いわば演歌こそが、和歌的世界観の正統な継承者であるとさえ言える。演歌おそるべし。付け加えれば、カラオケのイメージ映像や、テレビのサスペンス劇場などの演出にも、明らかに「景情一致」の概念が反映されている。追い詰められた犯人はなぜ、いつも海辺の断崖絶壁で自白するのか。それは「断崖絶壁」という場面がそのまま、運命のデッドエンドの比喩となっているからに他ならない。これは、ロシアの映像作家エイゼンシュテインが、日本の和歌の方法にインスピレーションを得て確立した「モンタージュ」理論が、時を隔てて逆輸入されたものであると言ってよい。

ロシアといえば、私はタルコフスキーの映画が好きだが、その作品の一つに『惑星ソラリス』という傑作がある（数年前ハリウッドでリメイクされたが、それとは別のもの）。その美しく残酷なラストシーンは、自らの意思を持つソラリスという未知の惑星の海面に、主人公の宇宙飛行士の深層意識が反映されて、束の間のユートピアを幻視させるというものだった。人間の情念を感知し、反映し、その心象イメージを限りなく増幅しつつ可視化する、惑星ソラリスの海。それはいわば、我々人間の脳の暗喩とも取れる。その先に広がるのは、仏教で言う「唯識説」の世界だろうか。

「唯識説」「唯識論」とは、辞書的にまとめるならば【この世のあらゆる存在や事象は、ただ「心の本体たる〈識〉」の作用によって、仮に現れたに過ぎない】【万物は識（純粋な精神作用）に他ならない】とする説である。これに従って乱暴に言えば、この世のすべては私の自意識が見せる幻想でありイデアであるということになる。この「イデア」という概念を接点として、森朝男氏の説くところの（前回『古歌に尋ねよ』から引用した）和歌の詩的エッセンスと、仏教唯識派、そしてタルコフスキーの「ソラリス」の海とはリンクする。

世界とは、私の脳の中で起こっている現象なのか、それとも私とは関係なく、その外部に存在するものなのか。死によって私の意識が途絶えても、世界は続くのか。短歌における〈心〉と〈自然・気象・景〉の関係を考えると、そのような出口のない哲学的命題にまで行き着くのである。

『アジア・バザール』ノート

『アジア・バザール』というタイトルには最初少し迷ったが、そのホットでわい雑な響きを含めて、今はとても気に入っている。私は、日本でも海外でも、それぞれの都市の屋台、路地、そして市場を歩くのが好きだ。そこは何より、文字通りさまざまな人々がそれぞれの今日を生きる生の現場であり、また、私を含めた有象無象の者たちが束の間を共に集う、生活に隣接した祝祭の場である。

ところで、これは幾度も強調しておきたいのだが、なにも海外のアジア諸国、例えば香港やタイだけがアジアなのではない。むしろまず、私が日々生活する場所こそが、私の現場としてのアジアである。言うまでもなく東京も横浜も、アジアの一都市に他ならない。アジア人とは、つまり私自身である。

しかし同時に、アジアという視座を得ることで、普段なかなか見えにくい様々な事が見えて来る。たとえば、「国境」という言葉に象徴されるもの。それは、アジアという、身近でありつつ一つ上位の単位で考えるとき、はじめて、対岸の火事としてではなく、

作歌において私が折々意識するテーマを、いま敢えて括弧でくくれば、それは「暴力」「都市」「アジア」といった言葉に集約されるが、前歌集に比べてこの『アジア・バザール』では、作品における寓意性ということが、より強く意識されているようだ。またその一方でこの時期、新しい描写詠の可能性についても、いろいろと考えることが多かった。いずれにしろ、全体としては主題歌集、連作歌集ということを強く意識しているが、そうしたテーマ性に基づいた連作と、その行間に挿入された、日々の具体を出発点として歌われた作品とが、いわば〈公〉と〈私〉として呼応し合い、一冊として、この破格な時代の手触りを僅かでも体現しているとするならば、たいへん嬉しい。

く、われわれにとってリアルなものとして認識されるだろう。世界という枠組みでは広過ぎる。だが一方、日本国内という単位からだけでは、なかなか見えないものがある。時代を俯瞰し、そこに生きる私の今を俯瞰する、日常より少しだけ見晴らしのいい視座が、私にとってのアジアである。

そしてまた「脱亜入欧」という言葉が象徴するように、近代日本はアジア人である自己を、一方では拒否し続けて来た。そうしたアイデンティティにまつわる錯綜した心性は、隠微な形で現在にまで続いているようだ。すなわち我々は、アジア人でありつつも、ともすればアジアを「外部」としてイメージするわけである。そうしたねじれを止揚するためには、何が必要だろうか。正直に言えば、今はわからないと答えるしかないが、ただ、まずは、アジア人である私自身を、そうした心性をも含めて考え、同時にアジアというひとつ大きな視座から現在の日本を考える、その両面の作業が必要となるのではないかと思う。この歌集に先立って、九七年七月に出した歌文集『香港　雨の都』において私が考えたかった事も、多分そこに関わる。私は、野暮を承知で、いまだ〈大きな物語〉にこだわりたい。問題は、それが今、社会批評の言葉ではなく短歌の言葉として、どのようにリアリティを獲得できるかだろう。むろん、そうした身に余る大テーマだけが、私の歌の全てではないにしても。

少し前のことになるが、情況に向かってラディカルに書き続けている作家松下竜一氏を特集した朝日新聞の記事で、氏の執筆活動を支え、また勇気づけた発言として、ある人の次のような言葉が紹介されていた。〈民衆のために書くのではない。民衆の「ただ中で書いていく」ことだ〉。この言葉になぞらえるならば、〈アジアのために書くのではなく、アジアの「ただ中で書いていく」こと〉。それこそが、私の願った唯一のことだったと言える。渦中にあること。渦中にあって書き、書くことで考えること。結局、私は何よりもそれを望んで来たのだと気づくのである。

一九九九年・七月　著者

泥酔日記 2012

七月一日　茅ヶ崎海岸の屋外市民プールのプール開きの日。毎年、八月末までの開放期間中、できるだけ通うようにしている。まだ寒く子供たちの姿も少ない。ほぼ貸切のプールで午後の一時間程のんびり泳ぐ。自転車で海岸を回って帰り夕方はトランペットを吹いた。まだまだ下手だがレパートリーだけは一人前に「サマータイム」「フライ・ミー・ツー・ザ・ムーン」などジャズのスタンダードを十曲ほど。夜はビールと熱燗。ビールは氷を入れてギンギンに冷やして飲む。これはホーチミンの路地の屋台で覚えた。酒は夏も熱燗。家ではごく普通の辛口の酒を好む。今夜は菊正宗。

七月三日　五時半に起き七時半にバスで出る。数年前から毎日なんとなく早朝に目覚めるようになった。火曜日の午前は毎週、世田谷の東京農大グリーンアカデミーで短歌講座。もう二十年になる。小田急線で町田、藤沢を回って帰り、午後は家で原稿。頼まれていた歌集の解説を一気に書く。計十六枚。あとは三日程かけて「心の花」の選歌。その間、夜も大人しく家で飲む。素晴らしい歌、志の高い歌と出会うときには、選歌は本当に楽しい。幸せを実感する。

七月七日　本間眞人さんの編集する「梧葉」に加藤克巳論三枚。さらに「心の花」時評三枚。書き上げて夕方から横浜そごう十階で寿司。運河の屋台で熱燗。横浜中華街のジャズバーでウイスキー。あとは茫々。

七月十日　七時半に出て午前は東京農大。午後はやはり世田谷区内で市民短歌講座。いつの間にか農大関連で六講座。その他、世田谷区、茅ヶ崎市、熱海市などの市民講座、朝日カルチャーセンターなど、月十二講座（十五コマ）に増えた。月の半分は外で教室、残りは家で原稿。そして（風が良ければ）ときどき空、（波が良ければ）ときどき海、あとは酒、という毎日だ。

七月十一日　午前中は家で「言葉の位相」のノート作り。午後は世田谷豪徳寺での講座のあと生徒さんたちと世田谷線の路面電車に乗り、下高井戸の寿司屋で暑気払い。その後ひとりで下北沢。駅前の戦後闇市のなごりのバラックアーケードで飲む。アジアの路地の匂いといかがわしさを残す、こうした飲み屋街が好きだ。新宿しょんべん横町、ゴールデン街、吉祥寺ハモニカ横町、あと三軒茶屋の路地裏や、横浜伊勢佐木町、野毛あたり。でも下北沢は再開発中で、来年にはこのアーケードも取り壊される。

七月十三日　角川「短歌」元編集長の杉岡中さんより人事異動の葉書を頂く。杉岡さんは世代が同じということもあって、楽しくお付き合いさせていただき、本当にお世話になった。新宿の路地裏でグラビアの撮影をしていただいたこと、うちの近所の辻堂で雨宮雅子さんと三人で飲んだことなど思い出す。あの日は不思議な夜だった。すっかり酔っぱらって雨宮さん杉岡さんと別れたあと、茅ヶ崎の駅前に行くと路上生活者のおじさんたちが宴会をしていた。私はコンビニでおつまみや飲み物など買って差し入れ、仲間に入れてもらった。路上でどんちゃん騒ぎをしていると、ラテンな格好の青年が三人、自分たちも仲間に入っていいかと言う。その一人がタレントでサッカー解説者の川平慈英さんだった。はっきりは言わなかったが、どうも近所に住んでいるらしい。ワールドカップの取材でスペインから帰ったばかりだと言っていた。とても気のいい青年だった。

七月十四日　午前中に「言葉の位相」三枚を一気に書く。午後は茅ヶ崎の市民講座。毎月第二週は火水木金土と教室が続く。浜降祭が近づき、茅ヶ崎の街も海もざわついている。市内の各神社から集まった数十の神輿が一斉に日の出の海の中で揉み合うという、湘南の夏の風物詩である。夜は弟が茅ヶ崎に来て、両親、息子も交えて食事。久しぶりに鯛をさばき、身の半分は刺身、もう半身は皮つきで軽く炙って冷水で冷やし、いわゆる松皮造り。頭とアラは湯通ししてから出汁を取り、豆腐の鍋に。これが旨い。

私の弟谷岡暁の版画を、同郷の高知の「心の花」の中島由美子さんが、ご自身の歌集の表紙にぜひ使いたいとのことで、弟が高知の海のイメージで新作を描き下ろし、やっと中島さんにお送りすることができた。いわばその慰労会ということである。

七月十五日　「心の花」の編集の日。二日酔いながらなんとか起きて、バスと電車を四本乗り継いで二子玉川の先生のお宅に伺う。編集のあとは先生と朋子さんの手料理も交えて酒。この日は田中拓也君持参の恋瀬川の稚鮎をカラッと揚げてくださった。その他ごちそうが並ぶ。「心の花」の酒はぐい飲みで冷や酒。ひたすらぐいぐいと飲む。先生のお宅を辞してから、大野道夫、黒岩剛仁、高山邦男らに先生ご次男の佐佐木定綱さんも加わって、二子玉川の駅前の居酒屋で二次会。この夜は田中拓也、奥田亡羊、藤島秀憲、佐藤モニカらは早めに帰る。屋良健一郎は学会でお休み。二次会のあと、勢いに任せてカラオケで三次会。黒岩、高山、谷岡、そして定綱君。初めて定綱君の「リンダリンダ」の熱唱を聴いた。黒岩にすっかり御馳走になってしまった。さらに、懲りない谷岡と高山はタクシーで下北沢まで行き、もう一軒（か二軒）。とっくに電車はなく、カプセルサウナ泊。

七月十六日　海の日の連休。下北沢のサウナで目覚め、館内のレストランで高山と生ビール。高山、黒岩とも大学以来三十年以上になる。その間それぞれいろいろなことがあった。チェックアウトして、本多劇場の前の、知りあいのインド人ラワットさんの店へ。営業前だがいつも入れてもらう。辛いマサラサラダに赤ワインのフルボトルを二本。これで帰ればいいのに、高山のホームグラウンドの赤羽へ移動。朝からやっている居酒屋街で梯子。結局夜まで。ものすごく暑い一日だった。都心四十度。

七月十七日　極度の二日酔いながら五時半に起きて、シャワーでなんとか心身を立て直して農大へ。二日酔いの朝はいつも、レイモンド・カーヴァーやフィッツジェラルドの小説の、アルコールで身を滅ぼした男たちのことを思う。農大のあと午後も講座。講座自体はしっかり務められた。
七月十八日　下北沢タウンホールでの午後の講座を終え、新宿に出て飲む。テレビは連日の豪雨を伝えている。この日も大気が不安定で、夜更けに激しい雷雨。
七月二十日　五時に起きて、角川「短歌」九月号特集〈佐佐木幸綱・七十代の述志〉のノート作り。さらに朝日カルチャーセンター通信添削講座の作品添削。今月はすっかり遅れてしまった。昼前のバスで出て、茅ヶ崎から東海道線で熱海まで五十分。第三金曜午後は毎月熱海市民講座の日。この教室は、信綱先生ゆかりの熱海を短歌の街に、との松井平三さんからのお話で、十年ほど前から市の講座として始まり、今は自主講座として続いている。一時期は五十人以上も受講希望者があり、やむなく抽選になったこともあった。今は約三十人が受講。まだ若干余裕があり、見学や途中からの受講も大歓迎です。
七月二十三日　今日は久々のフライトの日。この日を空けるために、がんばって仕事した。幸い気象図・風予報も絶好。五時に起き、七時に車で出る。十年乗ったHONDAの真っ赤なオートバイを売り、最近マークⅡに乗り換えた。湘南海岸道路から有料道路に入り、西湘バイパス、真鶴グリーンロード、熱海ビーチラインと海岸を飛ばしに飛ばし、伊豆山伏峠のクラブハウスまで六十キロ、約一時間。相模灘の朝の輝きが眩しかった。フライトスーツに着替え、用具を点検装着し、パラグライダーを広げていざ、というところで熱上昇気流（サーマル）が乱れ始め、ウェイティングに。練習機で地上操作の練習をしてオープンを待つ。そして昼にやっとフライト可能の無線が入る。それでもいざテイクオフしてみるとやはりサーマルが強く、乱気流で翼が何度も潰れかけ、怖かった。パラグライダーは常に墜落の危険とともにある。どの航空スポーツもそうだが、風と機体とどう友達になり、墜落の恐怖をどう飼い慣らすかがポイントだ。夏の富士山のもとで夕方まで何度かフライトし、機体と装備を片づけ、フライト日誌を書き、インストラクターのチェックを受けて今日は終了。汗だくになったフライトスーツを着替え、さっぱりして山を降りる。相模湾の夕日の中を、ピアソラのタンゴを聴きながら帰った。

七月二十四日　農大は今日が一学期最後の教室。終わって昼に学内のレストランで生徒さんたち二十人と納会。会を中座して小田急線で新宿に出て、朝日カルチャーセンター〈短歌ワークショップ〉。新宿住友三角ビルの七階で、月一度第四火曜三時から五時まで。この講座では題詠による作品添削に加えて、佐佐木幸綱先生の作品を少しずつ紹介解説している。講座がスタートして丸十年、やっと第十歌集『呑牛』まで来た。先生が今のペースで歌集を出されるならば、幸せな追いかけっこがこの先もずっと続く。〈短歌ワークショップ〉は半年でワンセットの形で、三月と九月に新規募集をしている。もちろん受講大歓迎です。会のあとは近所で軽く飲む……はずが、調子が出てきてもう一軒だけと思っているうち気づけば深夜のゴールデン街に居た。いつもそう。最後は「ナベサン」。マスターのナベさんが亡くなってもう何年だろうか。今夜は常連の及川隆彦さん、砂子屋書房の田村雅之さん、それに福島泰樹さんの顔も見えず、少し淋しい。店を出て深夜の歌舞伎町を歩く。

七月二十五日　歌舞伎町のサウナでアルコールを抜き、下北沢タウンホール十一階で講座。終わってさすがに真っ直ぐ帰る……はずが駅前のバラックの店で一杯。帰ると朝日カルチャーからｆａｘが届いていた。通常の講座とは別に単発で公開講座をやってほしいとのこと。茂吉生誕百三十年に合わせた四回シリーズで、他の講師は秋葉四郎さん、三枝昻之さん、東大の品田悦一さん。荷が重いが引き受け、メールで何度か打ち合わせ。五月に神奈川近代文学館で行ったパネルディスカッションでの私の発言に注目して、依頼してくれたとのこと。「茂吉作品の映像性」。十二月六日午後に新宿住友ビルの朝日カルチャーセンターにて。

七月二十七日　「短歌」九月号の佐佐木幸綱特集の原稿を書き上げてメールで送る。

七月二十八日　「心の花」鎌倉歌会。毎回最初に三十分ほど百人一首のレクチャーをしてから歌会。今日は珍しく皆さんと飲まずに帰る。

七月三十日　息子がひと月半の海外語学研修に旅立つ。見送ってからプールで泳ぐ。

七月三十一日　今月も何とか四十枚書いたので、今日から四、五日夏休みにすることにした。行き先はドヤ街として有名な横浜寿町。うちから電車で一時間。寿町はすぐ近所にある〈異国〉であり〈非日常〉であり〈旅〉である。ちゃんとした服装だと怪しまれるし浮くので、よれた短パンにサンダル、アロハシャツ、サングラスという怪しい男となって出かける。持ち物は、ガルシア・マルケスの分厚い小説を一冊。あとはすべて現地調達。それにしても暑い。

　寿町は二度目である。今まで、日本の三大ドヤ街と言われる大阪釜ヶ崎（西成あいりん地区）、東京山谷、そしてここ寿町と、いずれも夏の一定期間ドヤに滞在した。釜ヶ崎、山谷にはともに暴動に象徴されるようなエネルギーがあるが、この街は福祉からの金を暴力団に牛耳られるという典型的なピンはねの構図が支配しており、どこかなげやりな諦めの空気が漂う。通りをチンピラが肩で風を切ってゆく。そうした現実が、私たちの生活のすぐ隣にあるのだ。とはいえ、バラックの屋台はどこも昼間から気のいい酔っ払いたちで賑わっている。

　寿町に着いてまずドヤを探す。一泊千五百円。二畳半ほどの空調もない部屋にテレビだけが置かれて、あとはトイレも洗面所も共同。落ち着いてから、さっそく労働福祉会館の中にある銭湯に行き、帰りに酒屋の一角にカウンターを設けた立ち飲み屋に寄る。まずは生ビール。ああまた夏が来たな。そして美人三姉妹がやっている屋台で焼酎。前回なじみになった店である。三姉妹も今や七十代。この街の変遷を半世紀見て来た。明日は横浜湾の大花火大会。缶ビールを持って、ドヤの屋上で見ることにしよう。かくてわが夏は今年も過ぎてゆく。

（「心の花」二〇一二年一〇月号）

満州

今年八月の暑い盛りに母が死んだ。母は満州事変の四年前の昭和二年、中国黒竜江省の哈爾濱（ハルピン）に生まれた。祖父は弓の達人で、馬賊に憧れて大陸へ渡り、満鉄（南満州鉄道）の幹部となったが、裏の顔はロシア語と中国語に堪能な、特務機関の人間だったという。戦後公職を離れ、帰国後は島根県浜田市の酒店店主として、何も語らず後半生を終えた。祖母も謎の多い人物で、なぜ若い女性が満州国建国前の大陸奥地にいたのか、どのような境遇だったのか、全て不明である。哈爾濱はロシア人の多い、ロシア風の造りの寒い寒い町だという。

その後一家は大連に移り裕福に暮らしたが、昭和二十年八月十五日に生活は一変した。母が、両親、二人の妹、幼い弟とともに引き揚げ船に乗って博多港に辿り着いたのは、昭和二十二年三月で、その時母は十九歳だった。敗戦からの一年半、大陸で何があったのか、どこをどう彷徨ったのか、そこで何を見たのか、私が尋ねても母は、最後まで一切語らなかった。

（「心の花」二〇一九年一二月号）

「現代短歌新聞」インタビュー

（聞き手＝真野　少）

第六回佐藤佐太郎短歌賞が評論集『言葉の位相』の谷岡亜紀氏に決まった。書き続ける情熱を支えるもの、評論と歌作の関係等をお聞きした。

――日本歌人クラブ評論賞とダブル受賞となりました。

この度はありがとうございます。なかなか日の当たらない評論集で賞をいただけるのはたいへんありがたいことだと思っています。

また今日は新宿ゴールデン街の「ナベサン」に場所を設定していただき。喜んでいます。ここには本当によく飲みに通いました。ナベさんが生きていた頃は、まずここで飲んで、閉店後、砂子屋書房の田村雅之さんとナベさんと三人で新宿二丁目のバーで朝まで飲んだりしていました。現オーナーのナオさんにも、以後いろいろお世話になっています。

――佐藤佐太郎をどのように読んでこられましたか。

一九八六年から八七年にかけて、宮柊二と佐藤佐太郎が連続して亡くなって、私はその時、短歌を二十歳で始めて五、六年目だったのですが、強く印象に残っています。大学を中退して、劇団を作って、それからシナリオの学校に行って、そのあとタイ、インド、ネパールを半年ほど旅というか放浪して、帰ってきたのが八六年でした。それで、少し気合を入れて短歌と向き合おうと思って、評論を書き始めて、ちょうど佐太郎が亡くなったその同じ月に「現代短歌評論賞」を頂きました。

当時はやはり前衛短歌の方に関心が強くあって、でも佐太郎も一応は読み始めていました。例えば「みるかぎり起伏をもちて善悪の彼方の砂漠ゆふぐれてゆく」なんかは、従来の単なる描写詠の範疇ではないなと、畏怖のような感覚を持ちました。そうした感覚の源を改めて探ってみようと書いたのが、評論集『言葉の位相』に収めた長編評論「短歌と深層心理＝描写詠の可能性」です。「心の花」に「言葉の位相」というコラムを連載する中で、強いインスピレーションを得て書き下ろしたのが、その「短歌と深層心理」と「もののけ姫とエヴァンゲリオン」で、二本とも角川「短歌」に短期集中連載という形で掲載していただきました。

──受賞作の核となった「言葉の位相」の連載は八年半、一〇二回に及ぶものでしたが、何が谷岡さんをして書かせたのでしょうか。

「言葉の位相」の毎月の連載は、思いがけず楽しいものでした。もともと評論を書くのは、資料調べなどの元手もかかるし、短歌史への理解の蓄積がないと書けないし、ずっと苦しい、苦しいと思いながら書いてきたのですが、このコラムは楽しかったです。

まあ一回三枚程度のものなので、一話完結というか、ビジョンやテーマが決まれば、それだけに集中して書けるというか。実はこの連載を佐佐木幸綱先生に、「書かせてください」とご相談した段階で、全体の大まかなビジョンと、五十回分くらいのテーマは決まっていました。

最初の評論集『〈劇〉的短歌論』で「うたの劇性」ということを言って、それを「モンタージュ」というキーワードを用いてさらに突き詰めたいという思いがひとつ。つまり、私なりの短歌本質論の深化ですね。そしてあとは、もともと文法とか日本語について自分なりに考えるのが好きだったことです。文法的な活用だとか言葉の繫がりだとかいうメカニックなことを、なぜそうなのか、本当にそうなのかとあれこれ考えるのが、意外にもかなり好きなんです。

短歌を作るための文語文法解説みたいな入門書とか特集はよく見かけますが、それは「決まっていること」を教えるというスタンスです。私の場合はそうではなく、「なぜそうなるのか」「誰がいつ、どういう権限でそう決めたのか」「例外や問題点はないのか」ということを考えたいんです。これについては安田純生さんの短歌文法に関する考察に大いに教えられました。

――論作両輪といわれますが、ご自身にとって評論と歌作はどのような関係にありますか。

さっきも言いましたが、長い評論を書くのは私にはとても苦しい作業です。それに対して歌を作るのはともかく楽しいです。

本当は、楽しいなどという気楽な態度ではいけないのかもしれませんが。でも評論を書く苦しみは、結局「うたとは何か」を考えることに繋がるはずなので、それは多少は自分の短歌作品にも反映されているかもしれません。というか、そうあるべきだと思います。

――批評の不在が言われて久しいですが、すぐれた評論とは。

例えば一冊の歌集を論じ、同時代の流行を論じることが、遠く「短歌とは何か」という命題に繋がるようなものを書きたいとはいつも思っています。佐佐木幸綱、岡井隆、菱川善夫、三枝昻之、永田和宏さんたちの評論に大きな恩恵を受けてきました。

文法では安田純生さんや山口仲美さん、古典では藤平春男先生の『歌論の研究』、そして「心の花」に長期連載中の森朝男先生の「古歌を慕う」にも折々教えられています。

――早稲田大学第一文学部西洋哲学科を中退されていますが。

アルバイトで生計を立てていたので出席率のいい学生ではなかったですが、学び、調べ、最後は苦しまぎれでも自分の頭で考えるという態度は、多少は今に繋がっているかもしれません。

現代日本を代表する哲学者の武藤光朗先生、石関敬三先生の講義を取って、特にマルクス初期の「経済学哲学手稿」やそれを受けてルカーチが発展させた現代社会における「人間疎外」の問題に関心を持ちました。人間が物として扱われる、いわゆる「物象化論」ですね。私にとって「現代短歌」の「現代」の意味はそのへんにあるように思います。それは学生時からあまり変わらない部分です。

(二〇一九年一〇月、新宿ゴールデン街にて)

解説

都市論としての『臨界』
——歌集『臨界』解説

佐佐木　幸　綱

1

谷岡亜紀作・演出の芝居を見たのは、もう十年ほど昔だったろうか。当時、彼は「八月旅団」という小さな劇団を主宰していて、早稲田大学の大隈講堂裏の舞台を拠点に活動していた。

私が見た芝居のタイトルは、たしか「劇場都市」。まだ『サラダ記念日』を出す前、学生だった俵万智もアナウンサー役としてその芝居に出演していた（彼女は早大アナウンス研究会だった）。

芝居の詳しい筋は忘れてしまったが、都市という劇場を走り抜ける放火魔の噂が主題だった。放火魔の噂にゆらぐ都市、消防自動車のサイレンがとどろく空。舞台の上を赤やピンクのライトが鋭く走り、背後の壁は炎上する都市の反映で、むらさき色にけぶっていた。

情報ネットワークによって過熱する都市。都市は祝祭空間であり同時に擬制空間でもあった。都市をかけめぐる噂のネットワークを、近年は〈都市伝説〉などとしゃれて言っているが、そんな表現もまだない時代だった。

「劇場都市」の、ハードボイルド・タッチでありながら、どこか人間的なやさしさがただよっていた印象は、本歌集の印象とよく似ている。

私はいま、本書の校正刷を読みながら、十年前の「劇場都市」を思い出し、谷岡亜紀の都市に対する持続的な興味が、この歌集の核になっている意味をあらためて思った。

2

この歌集には、〈都市〉が頻出する。〈都市〉という語も多いし、また、イメージとしての〈都市〉もたくさんうたわれている。

たとえば、いわゆる〈都市伝説〉としての犯罪者をうたった次の作。

　毒入りのコーラを都市の夜に置きしそのしなやかな指を思えり

あらゆる共同体が崩壊しつつあるいま、都市はその擬制性を露骨にしてきた。千万を越す人々が居住しつつ、各人はそれぞればらばらに自身を生きている。はやりの言葉でいえば、おのおのがノマド（遊牧民）を生きようと指向する。人と人とを結ぶものは情報という名の噂、快楽追及のための虚構のネットワーク……。まあ、はやりの都市論ではあるが、〈都市騒乱〉を幻想した六十年代が記憶のかなたに没して以後、無表情に、ひたすら消費に向かう、不定形で中心のない淀のような都市を論じて、あながち的はずれでもあるまい。

しなやかな指の男は（もしかすると女かもしれないが）、そんな擬制の都市にひっそりと毒を盛る。彼（あるいは彼女）はいま、中心のない都市という不定形に、毒という中心を投入する。臨界に達しようとしている都市は、いま、発火するか。彼は暗く充実する。波は立つか。波紋は広がるか。

彼（あるいは彼女）のこの不気味な孤独と充実は、現代の都市に生きる者すべての不気味な孤独と充実の表象である。

　おれの中の射殺魔Nは逃げてゆく街に羞しい歌が溢れても

「おれ」の中にも「わたし」の中にも、彼や彼女は住んでいて、都市の迷路をひたすら逃げつづけているのである。後記にいう「不吉な混沌」だ。

　単車群青き市街を駆け抜けて夜明けに熱き同時代！

　黒き水澱む運河の対岸の鋼鉄都市ゆ火の風は生る

都市からのすっぱい風に吹かれつつ潰れた月を空に見ていき

蒼ざめた仮面をつけている都市に今夜別れを告げ、空港へ

開戦の前夜のごとく賑える夜の渋谷に人とはぐれぬ

「都市という名の劇場に生かされている僕たちは遊ぶ、苦しく」

近代の夜更け光の束なして空の低きに突き刺さる都市

束の間の現世を映すT・Vに行き着けぬ街として「東京」

　毒の投入という行為によってではなしに、なおかつ臨界に達した都市で充実しようとする者たちの物語である。〈混沌〉、〈不吉〉、〈未知〉。そこで充実しようとする者の前で、都市はその本質であるところの素顔を見せる。都市の素顔としての〈混沌〉〈不吉〉〈未知〉。この歌集の新しさは、たぶん、都市論をこうして、そこで充実しようとする人間の問題として表現しようとしている点である。

　ついでに、もう一つ言っておこう。

爆風に砕かれキラキラ街に降るため夜を冷えている千の窓

比喩として朝のテレビは映しおり鉄の破片の燃えて降る街

千年後遺跡と変わる都市だからまばゆく夜を点し……華やぐ

月光の油膜広がる湾の奥に遺跡となれる臨海ホテル

　このように都市に廃墟・遺跡を見る視線はことさら新しいものではない。たとえば、野田秀樹や北村想らの演劇、「風の谷のナウシカ」や「北斗の拳」等のアニメーションを思い出すことができる。

　本集ではそれらが視野に入ってはいても、簡単には、近未来に廃墟・遺跡を見ないという都市論を読

むことができるだろう。

そうした展望の基底にあるのは、日本の現代都市とアジアの諸都市が通底しているとする谷岡亜紀の視点である。日本の路次は全アジアの路次に通じているのだ。

3

谷岡亜紀が突然、インドに行くので「心の花」編集会をしばらく休ませてくれと言って来たのは、たしか、一九八六年のことだった。旅費をためるためにバイトをつづけてきたという。「インドに行って何をするんだ」と聞くと、「ガンジス河を眺めるんです」と答えた。「まあ、最低半年。もっと長くなるかもしれません」とも言っていた。計画なんか何もない、放浪の旅のつもりのようであった。

私も昔、インド、カンボジヤ、ベトナム各地をうろついたことがあったから、その感覚はわかった。ただ、私の場合はまだ、インド指向には、ギンズバーグに代表されるようなビートニクあるいはヒッピーの余熱冷めやらぬ時代の潮流があったが、八十年代になぜ、という疑問はあった。なぜ、八十年代にインドなのか。都市について、ヒンズー、麻薬について、ビートニク以後の何を見届けようとしたのか。

こう書いてきて思い出したことがある。

一九八八年十月にアレン・ギンズバーグが日本に来たときのことである。「現代詩手帖」が特集を組んだ。その特集の写真をみて、あのギンズバーグがすっかりおなかの出た初老のおじさんとして写っているのを見てショックを受けたのだったが、そのことはまあ、どうでもいい。ギンズバーグが諏訪優さんと一緒にタクシーで成田から東京に向かう途中でのエピソードである。スモッグにかすむ東京方面を指さして、ギンズバーグが「わたしが『吠える』で書いた〝モーラック〟があれだよ。ニューヨークと東京とどっちが先に崩壊するかね？」と言ったというのだ。その話を思い出した。諏訪優の文章に紹介されていたエピソードである。

かつてギンズバーグをつき動かし、そして現在もかろうじてギンズバーグが持ちつづけている都市に対する憎しみ。谷岡はそんな憎しみは持っていない。

> 熱帯の都市の深夜の喧騒を聞きつつ朝を娼館に待つ
>
> 水を汲む子供、籠から逃げた鶏（とり）、山羊を割く人、朝の市場（いちば）に
>
> まさにここ人間の街、怒鳴り合いひしめき合える往来に立つ

谷岡がバンコク、カルカッタで見た都市は、日本で見ていた都市と同じ地平にある都市だった。もちろん、無表情な日本の都市にくらべれば、ここには表情豊かな都市の顔がある。また、「天の秘法を告げるがごとく神妙な顔で阿片の値段を言えり」というように、日本の都市が隠蔽している部分を、ここでは平気で露出している。

しかし、谷岡はギンズバーグのようにはインドを眺めない。日本の都市に見ようとしたものは、アジアのどの都市とも通底していて、バンコクもカルカッタも、そこで充実しようとする者の前では、〈混沌〉〈不吉〉〈未知〉という都市の素顔をあらわすのだ。そう見ている。

> 魚を食い今日を生きおるガンジスの民は死して後魚に食われる
>
> 落日が彼岸を焼いて幻を見るために来し人も憩えり
>
> われという器官は光のスピードに統べられながら現実を越ゆ

都市の未来に廃墟を見る安易を谷岡は選ばない。ヒンズーも麻薬も、決して異界のものではなく、現代の都市の素顔の一部として見られるべきなのだ。そういう視点に立つことで、未来の都市を視野に入れた都市論は新しいイメージを獲得するのである。

『臨界／アジア・バザール』解説

菱川善夫

題名が強烈に現代を主張し、それによって時代の尖端に立つことができたのが、谷岡亜紀の『臨界』である。

臨界とは何か。歌集扉裏には次のようにしるされている。〈原子炉内でプルトニウムが核分裂を始めるその飽和点を「臨界」という〉と。なにげなく書かれているようだが、この一行は暗黒の黙示録のように重い。すでにわれわれは、〈石棺〉となったチェルノブイリの原子炉を知っているからだ。悲惨な死にむかって、持続的に核分裂を進行させているのが原子炉である。核分裂と言っても、肉眼でそれを見ることはできない。この原子炉の臨界状況を、八〇年代の都市の暗喩として再生させたところに、『臨界』の抜群の現代性がある。原子炉を廃棄して、人類が原始時代にもどるとは考えにくいから、この題名は、永遠に生きつづけることになるだろう。

原子力は、もちろん平和のためにも利用されている。だから危険や恐怖のレッテルだけを貼りつけるのは、正確にはまちがいである。しかし戦略的な核兵器の脅威の前では、核の安全神話など、洪水の前の仮設住宅のようなものではないか。『臨界』がとらえているのは、第一に、核時代の都市が持つこの危機感と言ってよい。

月光の油膜広がる湾の奥に遺跡となれる臨海ホテル
霧いでて大戦前夜ベルリンに迷い込みたるごときこの闇
核の塵かくやすらかに降る夜を聖夜と言いて祝ぐ、人は
爆風に砕かれキラキラ街に降るため夜を冷えている千の窓

重い「月光の油膜」のむこうに建つ「臨海ホテル」は、廃業しているわけではない。しかし作者の目には、すでに「遺跡」として存在し、立ちこめる濃い霧も、「大戦前夜」の「ベルリン」の闇の臭いを運んでくる。都市に漂っているのは、戦後復興の活力ではなく、大戦前夜、開戦前夜の不吉な気運である。これは現在を、戦争の谷間ではなく、開戦前夜と見る時代認識の結果による。その危機意識をもって見れば、「核の塵」の降る夜を、「聖夜」と呼んで祝うことなど、愚行以外のなにものでもない。結句の「人は」に、侮蔑と自嘲を読みとることができるだろう。「爆風」に砕かれる恐怖のために、ビル街の「千の窓」がうちふるえている時代にあっては、なおさらのことである。

しかし都市にひそんでいるのは、核がもたらす危機感だけではない。予知することのできない危険が都市の暗黒部に渦巻き、いまやその危険が持続的に進行していることで、プルトニウムの核分裂のような臨界状況に達した感がある。地下鉄サリン事件に代表されるように、平穏な都市は一瞬のうちに死の劇場都市へと変貌してしまう。羊の仮面をかぶった平凡な市民が、突如として悪魔の仮面を身につけ、雑踏の中から躍り出て人を襲うのだ。

伝わらぬ惨劇あまた地にありて天に陰森開く星雲
朝焼けのテロルの返り血を浴びて神なき国の屋上に旗
岸壁のサーチライトは密航者を見張りて暗き海面(うなも)舐めおり
毒入りのコーラを都市の夜に置きしそのしなやかな指を思えり

「惨劇」は日常化し、ただちに情報となって飛び散るけれど、歴史に登録されるものには限度がある。この歴史に登録されれぬ細部の殺意や憎悪、悲嘆や欲望が渦巻いているのが、一九八〇年代という時代であることを、『臨界』は的確にえぐりだすことに成功した。犯罪者の名前はあきらかにされても、人間としての顔が見えてこないのが現代である。いや一人一人の顔がはっきりとしないのは、なにも犯罪者にかぎったことではない。が、犯罪者は特に時代の典型としての役割を果す。「密航者」の顔も、「毒入りのコーラ」を置く顔も、テロリストの顔も、なに一つ、ここからは浮かびあがってはこない。そこに現代の無気味さがあるが、その無気味さに歯むかうことで、谷岡亜紀は、八〇年代の前衛であることを証明したのだ。特に「朝焼けのテロル」の歌は、鋭い予見に満ちていて、読む者をぎくりとさせる。「テロルの返り血を浴びて」屋上にひるがえる「旗」は、日章旗でなくて何であろう。日の丸の赤に、テロルの報復の血を読みとったこの作品を、谷岡亜紀は、すでに八〇年代につくっていたのだ。自衛隊がイラクへ派遣される日が、真近かに迫っている現在ではない。この危機感の予見能力に照らしても、『臨界』は、まぎれもなく前衛の名に価するだろう。

『臨界』の制作期間は、一九八〇年から一九九一年にわたっているので、八〇年代がまるごと収められている計算になるけれど、人間の顔の見えにくくなった不確定の時代にあって、当然のように問われてくるのは、私の座標軸をどのように設定するかという問いである。その点に関して、谷岡亜紀は、『〈劇〉的短歌論』に収録された評論「〈私〉の諸相」のⅣ「〈私〉という謎」（初出「短歌現代」'88・9）の中で次のように述べている。

〈人間ははたしてどれほど「自分」を知っているか。社会の時代的な変化とは別のところで、もともと〈私〉とはひとつの謎だったのではないか。（中略）少なくとも表現行為とは、作品化するまでは気付かなかった未知の自分と出会うことであり、既知の「自分」から一歩を踏み出す（はみ出す）ことだろう。〉

この文章は、『臨界』の中の叙事詩的実験作「大河のほとり」を読む時に欠かすことができない。『臨界』には、現代の危機意識の表現だけではなく、生き物としての鮮度の高い人間の存在感が謳いあげられている。矢も楯もたまらずインドに吸い寄せられていったのはなぜか。引用の文章で言うなら、「〈私〉とはひとつの謎」であり、「未知の自分と出会う」ために、それが必要だったのだ。その謎としての私を、ガンジス河と対面させることとは、机の上で情報を束ね、適当な解釈を付して腑分けする作業とは、本質的に異なったものをもたらすだろう。それは、文明の知的解釈ではなく、直接身体をもって、文明の基層にあるものを感受する〈私〉の発見と言いかえてもよい。

神という圧倒的な光量を浴びて苦行僧（サドゥー）のいま
川に入る
まなじりの涙を蠅に吸われつつ皮膚爛れたる
美女横たわる

この「圧倒的な」神の「光量」こそ、地球がどのように文明化されようと、断固として残り輝き、民族の基層文化を形成していくものだ。聖なるガンジスのほとりで、永遠の至福を得ようとして死を待つ者を、作者は「美女」とよんでいるが、実質は皮膚がただれ、まなじりの蠅すら追い払う力がない。にもかかわらず、圧倒的な神の光量を感受したからこそ、やすんじて「美女」とたたえることができたのだ。

このように、謎としての私を、巨大な文明悪に対置させているところに、谷岡亜紀の野心的な試みがある。

第二歌集『アジア・バザール』は、アジアの市場に場を設定し、謎としての私を探索しつつ、日本人としての私を問おうとした歌集である。日本人としての私は、まちがいなくアジア人でありながら、しかし互いに反撥し、簡単に一体化しない。そのせめぎ合う異和は、作者自身のものであると同時に、日本人全体のいらだちとして、波紋を投げかけずにはおかないだろう。

生まれきてまだ幼くて知らなくて今日あっけなく撃ち殺されし
民族の心に飼えるずぶ濡れの諦めの犬　寒く眠らな

「諦めの犬」から脱けだすための道は、はたしてどこにあるのか？

せっかく「バザール」に視点を捉えたのだから、アジアの人間の〈記憶〉まで、酒といっしょにのみこんで、胃袋の闇の底から日本を問う試みがあったなら、さらに生彩を発揮したことであろう。その渇望を癒すためにも、『香港　雨の都』（'97、北冬舎）の長編叙事詩を、『アジア・バザール』とあわせて読んでほしいと願わずにはいられない。戦争体験や商用としてのアジア、観光化されたアジアとは違うアジアが、必ず目の前に立ちあがってくるはずだ。

輪廻(めぐ)る歴史の雨
──『香港　雨の都』栞

田中　綾

アジアを旅するとき、私は、私自身も歴史上の一人物なのだということをふと考えてしまう。

初めて訪れた香港では、歴史博物館にかつての日本軍が犯したなまなましい行為の写真があるのを見、中国では、旧満洲の地名が地図上のどこにも現存しないことをこの目で確かめた。北朝鮮・朝鮮民主主義人民共和国では映画撮影所で「日本村」のセットを訪れ、映画『民族と運命』のロケをワンシーン見学した（従軍慰安婦のことにも触れている映画である）。また、最近訪れたベトナム中部では、十六〜十七世紀に日本人町があったホイアンの土を踏みしめることができた。

祖父母やその祖父母たちはこれらアジアの地と関わりをもち、流れながれて、私は今世紀に生まれおち、日本国のパスポートを上目づかいに差し出してイミグレーションを通過する。そこで感じるのは、過去から現在へと流れる連続した時間というものであり、今ここにいる私も、歴史上のある線にたしかに存在しているという事実だ。過去と現在は切り離された別々のものではなく、同じ時間軸にあるものだ——そんなことを、アジアへの旅は実感させてくれる。

　アジアは日本を映す鏡だとよく言われるけれど、たとえそこに鏡があったとしても、もしも実体がなければ、鏡には影すらも映らないだろう。はたして日本の私たちには今、映るほどの実体があるのだろうか。いや、私たちではなく、私には。実体があればこそ、アジアはそれを映す鏡になるだろう。だからアジアはこんなにもまぶしく重く問いかけてくるのだ——私とは誰か、と。

＊

異国なる満月の夜をいそいそとカップ麺作る

われとは誰か

旅先の人間にとって、訪れた地はあくまでも「異国」であり、旅人はそこである種の疎外感をおぼえずにはいられない。自分はただの通過者でしかないという思い——そんな疎外感は、ときに皮膚を刺すような痛みをともなってやってくる。

侵略者の末裔われは国籍を隠し飯(めし)待つ群れに
加わる

あかねさす電視台(テレビ)が映す電影に燃やされてい
つ「日本の旗」は

たとえば本書では、一九九五年——すなわち、香港が日本の支配から解放されて五十年目にあたる年のある熱帯夜に「私」がひとり佇んでいる。香港の人々は、日本からの「解放記念日」として祝杯をくりかえしているけれど、「私」はひとり、かつての侵略者側の国民としてこの地にいるのだ。その時の

「私」は、現在という歴史上の一点にいながらして、やはり過去の延長線上の一点にもいる。

　その湿度。

　それはたまらない湿度をもって「私」を責め立ててきただろう。香港の過去、そしてそこに確かに存在する日本の過去。現在という一点にのみ生きる人間は幸せと言えるけれど、「私」はそんなうわべだけの幸せなどは拒否している。そして、なまぬるいビールを飲み、屋台の片隅で臓物を噛みちぎり、ときおり高層マンションの合い間を低く飛ぶ飛行機の音に耳を澄ましているのだ。

　　時を売る時間廊なる闇を抜け彌敦道（ネイザンロード）で遇う日
　　照り雨
　　欲望をごった煮しつつ百年の雨の中なるこの
　　植民地

　この「私」は香港でなにを見ていたのだろうか。戦後に生まれた人間がアジアを旅し、そこで日本の往時を知り眉を寄せる――そんなポーズだけの一般的な図像とは「私」はいっさい無縁のようである。

　雨。

「私」は雨を見ている。

　香港で「私」が見たものは、単に「侵略者の末裔」としての自分の姿だけではなく、香港にしたたる雨の滴――つまり、有史以前から延々とくりかえされている戦争という歴史の雨が、アジアのこの地にいまだに降り続いているという事実だった。たとえば戦後という言葉があるけれど、戦後とは、たかだか五十年程度のものではない。長いながい歴史をふりかえれば、人間という種が本能的に持つ「欲望」というものは、百年も千年も前から侵略行為をくりかえしている。時の流れはそんな反復をどうして認めてしまうのだろうか。同じ過ちをくりかえさないで、前へのみ進んでいけばいいものを、それはどうもありえないことらしい。侵略の歴史、「植民地」の歴史――戦争とは人間の魂と同じく輪廻（めぐ）るものであり、近い未来にそれがまた輪廻（めぐ）ってこないとも限らない。

その歴史の雨を見つめ、そしてその雨に濡れることで、「私」は限りない負の歴史を全身で抱きとめているのだ。

紛れなくわれも亜細亜の一人にて風の怒号の
城市に迷う
人つねに擦れ違いつつ街を行き夜更けて湾に
　また雨が降る

人間の魂は幾時代にもまたがって「つねに擦れ違い」、そして雨もまたそれぞれの時代に降り続ける。戦争の雨、歴史の雨は降りやむことはない。過去においても未来においても、人間はつねにその雨に濡れ続ける。

雨の都、香港。

谷岡亜紀にとっての香港は、香港という特定の地域をこえた、そこにいながらして全ての世界と全ての歴史をもとらえる地となっている。そして、アジアに生きる人間の一人として「風の怒号」を全身でうけとめているのだ。

白濁の人の大河を救われぬわれこそ衆生と言
　いて越えゆく

「私」とは誰か。

この残されたただ一つの、そして最大の問いに、「衆生」という言葉をもって応える谷岡亜紀。本来は仏の救済の対象であるはずの「衆生」なのに、それをあえて「救われぬわれ」と言うところに、歴史への不信とそれゆえに深い「大河」があることを感じさせてくれる。

けれども、大切なのはその大河をも「越えてゆく」意志だろう。晴れと晴れの合い間に雨の日があるのではなく、雨と雨の間にこそ晴れ間がある。そのつかの間の晴れた日に、「私」はほんとうの「私」を見出してゆくのだ。

輪廻る（めぐる）歴史の雨――この雨に濡れてこそ、「私」はほんとうの晴天を感じることができるのである。

アジアという視点

松平盟子

八月末の今日、私は香港に来ている。暑いと聞いていたが、今年は日本も相当に蒸し暑いので、私には住まいのある東京よりしのぎやすく感じられる。九五年九月以来だから四年ぶり、二度目の旅となった。九七年七月一日の中国返還後の香港をみたいと思っていた希望が、なんとかかなったものだ。

歩く楽しさ、乗物に乗る面白さに引きずられて香港島、九龍半島をめぐった。その間、返還前と返還後の違いを比較し、変化を確認し、そして夜には現地で暮らす日本人たちに会った。

昨年四月から今年にかけての一年間の仏国滞在中、私は、日本人、日本語という特異な言語、日本の歴史と言葉の総体である短歌という詩型を、それぞれ個別に考えるのでなく、私の中で総合的に捉えなおしたい思いに駆られてきた。そのためには日本を一歩でも離れる機会をできるだけたくさん持ち、その国の風土や気候を肌で感じ、言語を聞き人間に出会い、ひりひりするような差異の嵐に揉まれてみたいと思うようになった。そうすることが私に何をもたらすのか、あるいは何ももたらさないのか、今はわからない。ただ、これしか今後の私の短歌への理解や愛情が確認できないのではないか、という予感に促されるままにいる。

香港でもっともポピュラーなビール「サン・ミゲル」を飲みながら、私は谷岡亜紀の近刊歌集『アジア・バザール』を思い出していた。帯文の「広東語、北京語、英語、仏語、ドイツ語、アラビア語、ヒンディ語、ネパリ、マレー語。世界の〈言葉〉がせめぎあう店の隅のテーブルで生力啤酒(サンミゲルビール)を三本飲み干すあいだ、私は日本と日本語について考えた」に登場する同じビールであることが、私を愉快な気分にさせる。谷岡は最初の歌集『臨界』からアジア志向を鮮明にし、九七年には歌文集『香港　雨の都』を刊行。そして今回はアジアをそっくり歌集名に入れている。

あとがきを少し引いてみよう。

「これは幾度も強調しておきたいのだが、なにも海外のアジア諸国、例えば香港やタイだけがアジアなのではない。むしろまず、私が日々生活する場所こそが、私の現場としてのアジアである。言うまでもなく東京も横浜も、アジアの一都市に他ならない。アジア人とは、つまり私自身である。(略)世界という枠組みでは広過ぎる。だが一方、日本国内という単位からだけでは、なかなか見えてこないものがある。時代を俯瞰し、そこに生きる私の今を俯瞰する、日常よりも少しだけ見晴らしのいい視座が、私にとってのアジアである。」

次に、歌集中の連作「半島酒店」十首に付された詞書――。

「香港に限らずアジア各地を旅すると、日本や、そこにおける自分の現在がとても鮮明に見えてくる。歴史や世界が抽象概念ではなく、確実に自分自身に関わるものである事が実感される。」

谷岡の日本とアジアをめぐる視点設定は明確だ。もちろん、あとがきや詞書という制約上、緻密に短歌とアジアを論じた一文といえるものではないが、自らのうちのアジアを意識化し、ここを拠点に短歌を考えようと言う姿勢は新しい。谷岡の同世代の男性歌人がともすればネット上の世界への関心を強く示すのとは対照的で、むしろオーソドックスなまでに具体的な日常の手触りが発想の根底にある。「敢えてテーマを括れば『暴力』『都市』『アジア』」(あとがき)という谷岡にとって、肉体をもった人間が体温を発しながら他者と交わり作り上げていく、混沌と猥雑なまでの都市空間こそが、短歌の発信地となるのだ。

大陸の性器としての植民地その行き止まり半島酒店（ホテル・ペニンシュラ）

日本人たる罪悪は宿追われ雨の租界の路地に飯食う

歴史とは一万発の祝賀花火に飾られ明日はまた忘れらる

旅行者としてアジアを歩く谷岡に比べ、日本語教師の大口玲子はまた別の角度から日本を見る。

　中国にも暮らした経験を持つ大口の歌集『海量（ハイリャン）』は、ナショナリティと言語の本質に向けて深く鋭く問いかけた一集だ。ここに登場する外国人はほとんどすべて異国語としての日本語と格闘している。一方の大口も教える立場から日本語という言語を発端にして彼らと向き合うのだが、それはつまり日本ならざる民族やその歴史、イデオロギーと立ち向かい理解することにほかならない。世界観の修正と広がりを同時進行で体験する職業といってもいい。教える対象はアジア人に集中しているわけではないが、歌集に見るかぎり大口玲子は韓国人、中国人との関わりから始まり、日本と日本語を突き詰めて考える必然をもったと思われる。

　歌集から作品を引いてみよう。

言葉奪ひし事実簡潔に含みゐる〈日本語教育史〉の今世紀

打ち終へたる差別語リストをコピーして勤務時間は二分残れり

起立して中国国歌を聞きをれば剥かれゆく蜜柑のごとき我かも

壇上の我は見てをり理科系の君たちが言ふ愛国心を

日本語で君の心を区切りたればその曖昧さを君は指弾す

長く黄色い道ゆきゆけば〈抗日〉といふ語にいつもつき当たるなり

言葉を介して人と対面することで、人は親密にも疎遠にもなる。言葉が相手への誤解を招き、逆に誤解を解く契機もある。戦前の日本とアジア諸国との関係性を無視できない以上、日本語教師は日本語という突端でアジアの人々と渡り合わねばならないのである。それはまさに一言でいえるほど易しいものではないはずで、注意深さと忍耐と努力が求められるものだろう。

我は我を失ひゆけり言さやぐソウルかの国の
言葉にまみれ
簡潔で荒々しくて率直なナショナリズムの夕
立が来る
あやふやな旧仮名遣ひに拠つて立つ詩の一塊
が喉に来てをり

私が過ごした香港のその夜は、日本のある銀行の香港支店長、英国系企業に勤務する女性、企業を退職しアメリカの大学院に入学予定の女性といっしょだった。二人の三十代女性は英語が巧みで広東語ができる。これからどう人生を切り開いていくかを英語圏で図ろうとしていた。一方の香港支店長は日本経済の今後を悲観しつつ、日本語を捨てて英語を母語にしなければ国際競争の場でとうてい勝てないと断言する。アジア諸国で日本が一番英会話能力に劣るとされること、インターネット言語が英語であること、銀行業務の現在の厳しさがその言葉の裏にあるのは明らかだった。

私は「短歌滅亡論の前に日本語の方が危ういな」とつぶやきながら、日本語の特殊性とそれを上回る詩歌の特殊性がどういう可能性を秘めているのかこれから考えてみたいと思った。アジア人であってどこかその自覚の乏しい日本人は、それでも日本語で考えるしかないのである。

（「短歌研究」一九九九年一〇月号「短歌時評」）

懐しい一冊

黒岩剛仁

歌集論の書き出しとしては適切でないかも知れないが、谷岡亜紀は学生時代からの親しい友人である。これまでの人生において、最も長い時間、ともに酒を酌み交わしている相手なのではないだろうか（勿体ないことながら、次点は佐佐木幸綱先生?・）。

そんな私にとって、谷岡自らの装幀によるいく分渋めの第一歌集『臨界』は、現代歌人協会賞を受賞した優れた歌集である以上に、とても懐しい一冊である。

低く身を屈めスタート台に立ち雨のプールに
銃声を待つ

１００km／hでホンダ飛ばせば超都市の欲望
よ飢餓よ真夜中の祭

ともかくも生きてみるよと水割りの氷の解け
る音を聞きおり

これらの歌には、歌会や「心の花」誌上で出会い、同世代の歌として共感し、○を付けたりした記憶がある。

歌集『臨界』を読むに当たってのキーワードは、誰もが指摘しているように、〈都市〉×〈劇〉ということになるのだろう。当時の（そして、それ以降にも亘る）谷岡の世界観、短歌観を理解するためには、『臨界』の二か月前に出された評論集『〈劇〉的短歌論』に着目しておかねばならない。集中に「〈私〉の諸相」としてまとめられた評論で、谷岡は次のように述べている。

現代という時代は、おおげさではなく、もしかしたら人類がいまだ経験したことのない大変な転換期ではないかということに、すでに多くの人が気づき始めている。確かに「敵」は、気づきさえしなければそれで済まされるほどに、巧妙なシステムによって隠されているが、それだけにより隠微な形で、われわれの日常の中に、あるいは心の中に入り込んでいるだろう。その複雑さは、環境の問題、現代人の自己疎外の問題ひとつを取っても、明らかであるように思う。しかも、かつてのように「敵」が明確な外部的圧力としてあるのではなく、むしろ一人一人の心の細部にこそ存在することを、まず知る必要があるのではないか。

評論集巻末の初出一覧によれば、この文章は一九八〇年代の末に書かれているのである。何と先見性に富んだ時代認識だろう。まるで、地下鉄サリン事件等、後に起きることを予期していたかのようだ。

そして、そのような時代における短歌の存在意義について、次の文章で説く。

（前略）散文（現実）世界と韻文（韻律）世界との対立、「私」と事物・事件・対象との対立、そうしたせめぎあい、ぶつかりあいのダイナミズムが、「私」の日常の規範を破壊し、発語主体としての「私」は、定型の力によって、脱コード化された〈私〉すなわち未知の〈私〉と出会うのである。その〈私〉は、私自身の現実を、挑発的に逆照射するものとして存在している。

これこそが、谷岡の言う「〈劇〉的短歌」なのである。歌集『臨界』が、谷岡なりの方法論に基づいて編まれていることは明らかだと思われる（『臨界』の後記に当たる「『臨界』ノート」では、〈劇〉について触れられていないのだが…）。

〈都市〉をテーマに詠まれた歌を引く。

遊園地の明りが消えてゆくさまを機上に見つつ恋しかりけり
何事も起こらぬビルの空見上げキングギドラを今日も待ちいる

壊れたるビル街を過ぎ居住区へ柩のごとき車
で帰る
救世主来ざる地上を貫いて高架を轟く朝の電
車は
華麗なる孤独と言うか夜を照らしクリスマス
ツリーのごとく立つビル

谷岡の歌は、〈都市〉以外がテーマの場合でもそう
なのだが、いつも何か（誰か）を待っているようで、
どこか淋しげである。また、先に文章に関して〈先
見性〉ということを述べたが、三首目は九・一一以
後のニューヨークを、最後の歌も「ビル」を「塔」
として読めばスカイツリーを、それぞれ詠んだ歌だ
と言っても通用するのではないだろうか。

うるとらの父よ五月の水青き地球に僕は一人
いるのに
竹ひごの飛行機の描く曲線のやさしさに明日
君は二十歳（はたち）か

文明がひとつ滅びる物語しつつおまえの翅脱
がせゆく
戦いて敗れる事の晴ればれと花道を去るジョ
ージ・フォアマン
汝はいま乱れる息を抑えつつわれの名前を唱
えるあわれ

相聞歌においても、ボクシングの敗者を歌っても、
視線に優しいまなざしの混じるのが谷岡らしさでも
ある。女性ファンが多いように思うのだが、この辺
りがその理由かも知れない。
『臨界』中の白眉は、数か月間のタイ、インド滞在
を背景にまとめられた「大河のほとり」である。こ
の連作は、「楽宮ホテル」「カルカッタ」「洪水の前」
「大河のほとり」という四つの章から成っているのだ
が、詞書と短歌とが魅力的に絡み合い、以後、香港
への旅が結実した歌文集『香港 雨の都』を含め、各
歌集の核となる、ベトナムやニューヨーク、大阪釜
ヶ崎等への旅の嚆矢として位置づけられる重要な作

品である。しかしながら、作者自らも言うような叙事詩的作品ゆえ、詞書と短歌を切り離しての引用がしにくい。不本意ながら、私が一首としてもいいな、と感じた何首かを引いておく。

いつまでも沈まぬ夕日を追いかけて王国へ飛ぶ機中に眠る

魚を食い今日を生きおるガンジスの民は死して後魚に食われる

約束の悲願浄土へ橋渡す川か衆生の今日を照らして

われという器官は光のスピードに統べられながら現実を越ゆ

天啓を待つにあらねど夕空に仰ぐインドのハレー彗星

百年をかけて荒ぶる聖河(ガンガー)に架けし橋、今わが渡りゆく

谷岡亜紀よ、これからも大いに飲もう！

（「心の花」二〇一二年一〇月号）

谷岡亜紀歌集　現代短歌文庫第149回配本

2020年3月10日　初版発行

著　者　谷　岡　亜　紀

発行者　田　村　雅　之

発行所　砂　子　屋　書　房

〒101-0047　東京都千代田区内神田3-4-7

電話　03－3256－4708

Fax　03－3256－4707

振替　00130－2－97631

http://www.sunagoya.com

装本・三嶋典東　落丁本・乱丁本はお取替いたします

現代短歌文庫

（　）は解説文の筆者

①三枝浩樹歌集
『朝の歌』全篇
②佐藤通雅歌集（細井剛）
『薄明の谷』全篇
③高野公彦歌集（河野裕子・坂井修一）
『汽水の光』全篇
④三枝昻之歌集（山中智恵子・小高賢）
『水の覇権』全篇
⑤阿木津英歌集（笠原伸夫・岡井隆）
『紫木蓮まで・風舌』全篇
⑥伊藤一彦歌集（塚本邦雄・岩田正）
『瞑鳥記』全篇
⑦小池光歌集（大辻隆弘・川野里子）
『バルサの翼』『廃駅』全篇
⑧石田比呂志歌集（玉城徹・岡井隆他）
『無用の歌』全篇
⑨永田和宏歌集（高安国世・吉川宏志）
『メビウスの地平』全篇
⑩河野裕子歌集（馬場あき子・坪内稔典他）
『森のやうに獣のやうに』『ひるがほ』全篇
⑪大島史洋歌集（田中佳宏・岡井隆）
『藍を走るべし』全篇
⑫雨宮雅子歌集（春日井建・田村雅之他）
『悲神』全篇
⑬稲葉京子歌集（松永伍一・水原紫苑）
『ガラスの檻』全篇
⑭時田則雄歌集（大金義昭・大塚陽子）
『北方論』全篇
⑮蒔田さくら子歌集（後藤直二・中地俊夫）
『森見ゆる窓』全篇
⑯大塚陽子歌集（伊藤一彦・菱川善夫）
『遠花火』『酔芙蓉』全篇
⑰百々登美子歌集（桶谷秀昭・原田禹雄）
『盲目木馬』全篇
⑱岡井隆歌集（加藤治郎・山田富士郎他）
『鵞卵亭』『人生の視える場所』全篇
⑲玉井清弘歌集（小高賢）
『久露』全篇
⑳小高賢歌集（馬場あき子・日高堯子他）
『耳の伝説』『家長』全篇
㉑佐竹彌生歌集（安永蕗子・馬場あき子他）
『天の螢』全篇
㉒太田一郎歌集（いいだもも・佐伯裕子他）
『墳』『蝕』『獵』全篇

現代短歌文庫

（　）は解説文の筆者

㉓春日真木子歌集（北沢郁子・田井安曇他）
『野菜涅槃図』全篇

㉔道浦母都子歌集（大原富枝・岡井隆）
『無援の抒情』『水憂』『ゆうすげ』全篇

㉕山中智恵子歌集（吉本隆明・塚本邦雄他）
『夢之記』全篇

㉖久々湊盈子歌集（小島ゆかり・樋口覚他）
『黒鍵』全篇

㉗藤原龍一郎歌集（小池光・三枝昻之他）
『夢みる頃を過ぎても』『東京哀傷歌』全篇

㉘花山多佳子歌集（永田和宏・小池光他）
『樹の下の椅子』『楕円の実』全篇

㉙佐伯裕子歌集（阿木津英・三枝昻之他）
『未完の手紙』全篇

㉚島田修三歌集（筒井康隆・塚本邦雄他）
『晴朗悲歌集』全篇

㉛河野愛子歌集（近藤芳美・中川佐和子他）
『黒羅』『夜は流れる』『光ある中に』（抄）他

㉜松坂弘歌集（塚本邦雄・由良琢郎他）
『春の雷鳴』全篇

㉝日高堯子歌集（佐伯裕子・玉井清弘他）
『野の扉』全篇

㉞沖ななも歌集（山下雅人・玉城徹他）
『衣裳哲学』『機知の足首』全篇

㉟続・小池光歌集（河野美砂子・小澤正邦）
『日々の思い出』『草の庭』全篇

㊱続・伊藤一彦歌集（築地正子・渡辺松男）
『青の風土記』『海号の歌』全篇

㊲北沢郁子歌集（森山晴美・富小路禎子）
『その人を知らず』を含む十五歌集抄

㊳栗木京子歌集（馬場あき子・永田和宏他）
『水惑星』『中庭』全篇

㊴外塚喬歌集（吉野昌夫・今井恵子他）
『喬木』全篇

㊵今野寿美歌集（藤井貞和・久々湊盈子他）
『世紀末の桃』全篇

㊶来嶋靖生歌集（篠弘・志垣澄幸他）
『笛』『雷』全篇

㊷三井修歌集（池田はるみ・沢口芙美他）
『砂の詩学』全篇

㊸田井安曇歌集（清水房雄・村永大和他）
『木や旗や魚らの夜に歌った歌』全篇

㊹森山晴美歌集（島田修二・水野昌雄他）
『グレコの唄』全篇

現代短歌文庫

（　）は解説文の筆者

㊺上野久雄歌集（吉川宏志・山田富士郎他）
『夕鮎』抄、『バラ園と鼻』抄他

㊻山本かね子歌集（蒔田さくら子・久々湊盈子他）
『ものどらま』を含む九歌集抄

㊼松平盟子歌集（米川千嘉子・坪内稔典他）
『青夜』『シュガー』全篇

㊽大辻隆弘歌集（小林久美子・中山明他）
『水廊』『抱擁韻』全篇

㊾秋山佐和子歌集（外塚喬・一ノ関忠人他）
『羊皮紙の花』全篇

㊿西勝洋一歌集（藤原龍一郎・大塚陽子他）
『コクトーの声』全篇

51 青井史歌集（小高賢・玉井清弘他）
『月の食卓』全篇

52 加藤治郎歌集（永田和宏・米川千嘉子他）
『昏睡のパラダイス』『ハレアカラ』全篇

53 秋葉四郎歌集（今西幹一・香川哲三）
『極光―オーロラ』全篇

54 奥村晃作歌集（穂村弘・小池光他）
『鴇色の足』全篇

55 春日井建歌集（佐佐木幸綱・浅井愼平他）
『友の書』全篇

56 小中英之歌集（岡井隆・山中智恵子他）
『わがからんどりえ』『翼鏡』全篇

57 山田富士郎歌集（島田幸典・小池光他）
『アビー・ロードを夢みて』『羚羊譚』全篇

58 続・永田和宏歌集（岡井隆・河野裕子他）
『華氏』『饗庭』全篇

59 坂井修一歌集（伊藤一彦・谷岡亜紀他）
『群青層』『スピリチュアル』全篇

60 尾崎左永子歌集（伊藤一彦・栗木京子他）
『彩紅帖』全篇『さるびあ街』（抄）他

61 続・尾崎左永子歌集（篠弘・大辻隆弘他）
『春雪ふたたび』『星座空間』全篇

62 続・花山多佳子歌集（なみの亜子）
『草舟』『空合』全篇

63 山埜井喜美枝歌集（菱川善夫・花山多佳子他）
『はらりさん』全篇

64 久我田鶴子歌集（高野公彦・小守有里他）
『転生前夜』全篇

65 続々・小池光歌集
『時のめぐりに』『滴滴集』全篇

66 田谷鋭歌集（安立スハル・宮英子他）
『水晶の座』全篇

現代短歌文庫

（　）は解説文の筆者

(67) 今井恵子歌集（佐伯裕子・内藤明他）
『分散和音』全篇

(68) 続・時田則雄歌集（栗木京子・大金義昭）
『夢のつづき』『ペルシュロン』全篇

(69) 辺見じゅん歌集（馬場あき子・飯田龍太他）
『水祭りの桟橋』『闇の祝祭』全篇

(70) 続・河野裕子歌集
『家』全篇、『体力』『歩く』抄

(71) 続・石田比呂志歌集
『孑孑』『忘八』『涙壺』『老猿』『春灯』抄

(72) 志垣澄幸歌集（佐藤通雅・佐佐木幸綱）
『空壜のある風景』全篇

(73) 古谷智子歌集（来嶋靖生・小高賢他）
『神の痛みの神学のオブリガード』全篇

(74) 大河原惇行歌集（田井安曇・玉城徹他）
未刊歌集『昼の花火』全篇

(75) 前川緑歌集（保田與重郎）
『みどり抄』全篇、『麦穂』抄

(76) 小柳素子歌集（来嶋靖生・小高賢他）
『獅子の眼』全篇

(77) 浜名理香歌集（小池光・河野裕子）
『月兎』全篇

(78) 五所美子歌集（北尾勲・島田幸典他）
『天姥』全篇

(79) 沢口芙美歌集（武川忠一・鈴木竹志他）
『フェベ』全篇

(80) 中川佐和子歌集（内藤明・藤原龍一郎他）
『霧笛橋』全篇

(81) 斎藤すみ子歌集（菱川善夫・今野寿美他）
『遊楽』全篇

(82) 長澤ちづ歌集（大島史洋・須藤若江他）
『海の角笛』全篇

(83) 池本一郎歌集（森山晴美・花山多佳子）
『未明の翼』全篇

(84) 小林幸子歌集（小中英之・小池光他）
『枇杷のひかり』全篇

(85) 佐波洋子歌集（馬場あき子・小池光他）
『光をわけて』全篇

(86) 続・三枝浩樹歌集（雨宮雅子・里見佳保他）
『みどりの揺籃』『歩行者』全篇

(87) 続・久々湊盈子歌集（小林幸子・吉川宏志他）
『あらばしり』『鬼龍子』全篇

(88) 千々和久幸歌集（山本哲也・後藤直二他）
『火時計』全篇

現代短歌文庫

（　）は解説文の筆者

89 田村広志歌集（渡辺幸一・前登志夫他）
『島山』全篇

90 入野早代子歌集（春日井建・栗木京子他）
『花凪』全篇

91 米川千嘉子歌集（日高堯子・川野里子他）
『夏空の櫂』『一夏』全篇

92 続・米川千嘉子歌集（栗木京子・馬場あき子他）
『たましひに着る服なくて』『一葉の井戸』全篇

93 桑原正紀歌集（吉川宏志・木畑紀子他）
『妻へ。千年待たむ』全篇

94 稲葉峯子歌集（岡井隆・美濃和哥他）
『杉並まで』全篇

95 松平修文歌集（小池光・加藤英彦他）
『水村』全篇

96 米口實歌集（大辻隆弘・中津昌子他）
『ソシュールの春』全篇

97 落合けい子歌集（栗木京子・香川ヒサ他）
『じゃがいもの歌』全篇

98 上村典子歌集（武川忠一・小池光他）
『草上のカヌー』全篇

99 三井ゆき歌集（山田富士郎・遠山景一他）
『能登往還』全篇

100 佐佐木幸綱歌集（伊藤一彦・谷岡亜紀他）
『アニマ』全篇

101 西村美佐子歌集（坂野信彦・黒瀬珂瀾他）
『猫の舌』全篇

102 綾部光芳歌集（小池光・大西民子他）
『水晶の馬』『希望園』全篇

103 金子貞雄歌集（津川洋三・大河原惇行他）
『邑城の歌が聞こえる』全篇

104 続・藤原龍一郎歌集（栗木京子・香川ヒサ他）
『嘆きの花園』『19××』全篇

105 遠役らく子歌集（中野菊夫・水野昌雄他）
『白馬』全篇

106 小黒世茂歌集（山中智恵子・古橋信孝他）
『猿女』全篇

107 光本恵子歌集（疋田和男・水野昌雄）
『薄氷』全篇

108 雁部貞夫歌集（堺桜子・本多稜）
『崑崙行』抄

109 中根誠歌集（来嶋靖生・大島史洋雄他）
『境界』全篇

110 小島ゆかり歌集（山下雅人・坂井修一他）
『希望』全篇

現代短歌文庫

（　）は解説文の筆者

(111)木村雅子歌集（来嶋靖生・小島ゆかり他）
『星のかけら』全篇

(112)藤井常世歌集（菱川善夫・森山晴美他）
『氷の貌』全篇

(113)続々・河野裕子歌集
『季の栞』『庭』全篇

(114)大野道夫歌集（佐佐木幸綱・田中綾他）
『春吾秋蟬』全篇

(115)池田はるみ歌集（岡井隆・林和清他）
『妣が国大阪』全篇

(116)続・三井修歌集（中津昌子・柳宣宏他）
『風紋の島』全篇

(117)王紅花歌集（福島泰樹・加藤英彦他）
『夏暦』全篇

(118)春日いづみ歌集（三枝昻之・栗木京子他）
『アダムの肌色』全篇

(119)桜井登世子歌集（小高賢・小池光他）
『夏の落葉』全篇

(120)小見山輝歌集（山田富士郎・渡辺護他）
『春傷歌』全篇

(121)源陽子歌集（小池光・黒木三千代他）
『透過光線』全篇

(122)中野昭子歌集（花山多佳子・香川ヒサ他）
『草の海』全篇

(123)有沢螢歌集（小池光・斉藤斎藤他）
『ありすの杜へ』全篇

(124)森岡貞香歌集
『白蛾』『珊瑚數珠』『百乳文』全篇

(125)桜川冴子歌集（小島ゆかり・栗木京子他）
『月人壮子』全篇

(126)柴田典昭歌集（小笠原和幸・井野佐登他）
『樹下逍遙』全篇

(127)続・森岡貞香歌集
『黛樹』『夏至』『敷妙』全篇

(128)角倉羊子歌集（小池光・小島ゆかり）
『テレマンの笛』全篇

(129)前川佐重郎歌集（喜多弘樹・松平修文他）
『彗星紀』全篇

(130)続・坂井修一歌集（栗木京子・内藤明他）
『ラビュリントスの日々』『ジャックの種子』全篇

(131)新選・小池光歌集
『静物』『山鳩集』全篇

(132)尾崎まゆみ歌集（馬場あき子・岡井隆他）
『微熱海域』『真珠鎖骨』全篇

現代短歌文庫

（　）は解説文の筆者

⑬③ 続々・花山多佳子歌集（小池光・澤村斉美）
『春疾風』『木香薔薇』全篇

⑬④ 続・春日真木子歌集（渡辺松男・三枝昂之他）
『水の夢』全篇

⑬⑤ 吉川宏志歌集（小池光・永田和宏他）
『夜光』『海雨』全篇

⑬⑥ 岩田記未子歌集（安田章生・長沢美津他）
『日月の譜』を含む七歌集抄

⑬⑦ 糸川雅子歌集（武川忠一・内藤明他）
『水螢』全篇

⑬⑧ 梶原さい子歌集（清水哲男・花山多佳子他）
『リアス／椿』全篇

⑬⑨ 前田康子歌集（河野裕子・松村由利子他）
『色水』全篇

⑭⓪ 内藤明歌集（坂井修一・山田富士郎他）
『海界の雲』『斧と勾玉』全篇

⑭① 続・内藤明歌集（島田修三・三枝浩樹他）
『夾竹桃と葱坊主』『虚空の橋』全篇

⑭② 小川佳世子歌集（岡井隆・大口玲子他）
『ゆきふる』全篇

⑭③ 髙橋みずほ歌集（針生一郎・東郷雄二他）
『フルヘッヘンド』全篇

⑭④ 恒成美代子歌集（大辻隆弘・久々湊盈子他）
『ひかり凪』全篇

⑭⑤ 続・道浦母都子歌集（新海あぐり）
『風の婚』全篇

⑭⑥ 小西久二郎歌集（香川進・玉城徹他）
『湖に墓標を』全篇

⑭⑦ 林和清歌集（岩尾淳子・大森静佳他）
『木に縁りて魚を求めよ』全篇

⑭⑧ 続・中川佐和子歌集（日高堯子・酒井佐忠他）
『春の野に鏡を置けば』『花桃の木だから』全篇

⑭⑨ 谷岡亜紀歌集（佐佐木幸綱・菱川善夫他）
『臨界』抄、『闇市』抄、他

（以下続刊）

水原紫苑歌集　　篠弘歌集
馬場あき子歌集　　黒木三千代歌集
石井辰彦歌集